光文社文庫

もしかして ひょっとして

大崎 梢

光 文 社

もしかして　ひょっとして

Contents

小《しょう》暑《しょ》

東海道《とうかいどう》線の下り電車は、藤沢《ふじさわ》を過ぎるあたりからぐっと乗客の数が減る。私の座っているボックス席も、斜め前が空《あ》いたのにもう誰も座る人がいない。ざわめきが引き、通路も風通しが良くなり、車内の空気までほっと緩《ゆる》むようだ。

膝の上に抱いている那々美《ななみ》がようやく眠りにつき、何より私の気持ちが軽くなった。カラフルなプラスチックのおもちゃと赤ちゃん用のお菓子で機嫌を取り、ぐずり始めてから飲み物を与え、背中を叩《たた》いているうちに静かになった。

起こさないよう注意しながら、横抱きへとそろそろ動かす。寝顔は天使、とはよく言ったものだ。綿《わた》菓子のような細い巻き毛にちんまりした目鼻立ち、白桃を思わせるほっぺた。とてもかわいらしい。

額《ひたい》が汗ばんでいるのに気づき、手にしていたガーゼのハンカチでそっと拭う。車内の冷房はほどよく効いていた。長く座っているビジネスマンは背広を着込んでいても、すまし顔で週刊誌をながめている。猛暑にはまだ早い時期、じっとしていれば自然と汗は引く。けれど子どもの体温は大人より高いそうで、私のシャツも那々美がへばりついていたところだけ湿っていた。ま、そのうち乾くだろう。

大人はいいとして、赤ちゃんには何か掛けてあげるべきかもしれない。足下の鞄《かばん》からケープを引っ張り出しごそごそしていた拍子に、どこかに挟まっていたらしいおもちゃが転がり落ちた。

「ああ、いいわよ」

向かいに座った老婦人がすばやく拾い上げてくれた。

「ありがとうございます」

笑顔で手渡され、こちらも精一杯の笑みで受け取った。東京駅を出たときからご一緒の、品のいい年配客だった。淡いきれいな藤色のジャケットに大ぶりのネックレスを合わせ、インナーは透《す》け感のあるベージュのブラウス。手にしたハンドバッグはややカジュアル。と言ってもそれなりのブランド物だ。かっちり決めた盛装ではなく、ちょっとしたお出かけ、という雰囲気が小粋《こいき》でさまになっている。

手入れの行き届いた髪型といい、肌の色つやといい、きれいな指先にふさわしい指輪といい、「おばあさん」と称しては申し訳ない。「ご婦人」がぴったりだ。

「ぐっすりね」

「うるさくして、すみませんでした」

「いいえちっとも。とてもおりこうさんよ」

　これまで何度となく柔らかな視線をもらっていた。赤ん坊というだけでうっとうしがる人もいるだろう。泣かないまでも大きな声を上げることもある。暴れたり、降りたがったりもする。慣れない電車の長旅に加え、今日は面倒見るのが自分ひとり。まわりの反応を気にしていただけに、一番近くからの穏やかな表情にずいぶん救われた。

「おいくつかしら」

　一瞬、自分の歳《とし》を答えそうになり、あわてて言い直す。

「一歳になります。もうすぐ誕生日なんです」

「まあ。だったらもしかして七夕《たなばた》生まれ？」

　いたずらっ子のような目尻の皺《しわ》に、思わず聞き返した。

「そうですけど。でもどうして？」

「ナナちゃんって呼んでたでしょ。今日は何日だったかしら。ほら、七夕まであともう少しよ」

「ああ、ですね」

照れ笑いと一緒に肩をすぼめた。

「ありがちな名前ですよね」

「ううん、ちがうの。私、七夕生まれのナナちゃんをもうひとり、知っているの」

いよいよありきたりということではないか。そう言いたかったが、那々美をながめる老婦人の顔にふと影が差した。大げさなものではなく、ほんのかすかな憂いや吐息にも似た、ひそやかな変化だ。

「あのね」

何か言いかけて口をつぐむ。那々美から視線をそらし、心ここにあらずといったふうに遠い目になる。見守る私に気づき、「やだわあ」と首を振った。

「ごめんなさい。いろんなことがあれもこれも思い出されてしまって。私の知っているナナちゃんはね、もうずいぶんなおばあさんよ。だって、六十年前に一歳の赤ちゃんだったんですもの」

「六十年前？」

「私はそのとき十三歳だった。ナナちゃんは布団の中で、すやすや眠っていたわ。私の兄の子どもだったの」

目の前の婦人が十三歳のとき。それはまたずいぶんな昔話だ。

「姪《めい》ね。それもたったひとりの姪よ。でも会ったのは一度きりなの。だからよけいに忘れられなくて。ほんとうにごめんなさい。へんねえ。いきなり当時のことがまるで昨日《きのう》のことのように浮かんで」

最後の言葉にかぶさるように車内アナウンスが入った。間もなく茅ケ崎《ちがさき》駅に着く。その次は平塚《ひらつか》だ。七月のこの時期、平塚は七夕まつりで沸き返っている。市内全域に数千本の竹飾りが掲げられ、中心街には十メートルを超える大飾りが並ぶ。華やかなパレードやひしめく露店など、期間中は大勢の見物客でにぎわう。

今も車内には七夕目当てとおぼしき乗客の姿がちらほら見えた。斜め前のボックス席に座っている女の子は浴衣《ゆかた》姿だ。私もかつて、ああいうのを着た同級生と連れ立って、金魚すくいやヨーヨー釣りの屋台を冷やかした。

「一度だけ、というのは？」

ラムネの瓶を片手に七夕飾りを見上げるような気持ちで、私は婦人に問いかけた。

「その頃の兄は医学生でね、東京の下町に住んでいたの。知り合いの方のお宅に下宿しているはずが、いつの間にかよそで女の人と暮らしていた。兄はもう、それはそれは母の大切な掌中《しょうちゅう》の珠《たま》で……いいかしら、こんな話」

「はい」

那々美が寝てしまえば、なんでも来いだ。どうせ片腕がふさがっているので本も読めない。私の笑顔に婦人も白い歯をのぞかせた。

「だったら退屈しのぎに聞いてね。遠い昔の話よ。私の母は、兄が立派なお医者さまになることに大きな期待をかけていたの。だから、よその人から知らされてびっくり」

「お兄さんからではなく?」

「当人は隠していたわ。言ってもとうてい許してもらえないと、わかっていたんでしょうね。無理やり別れさせられるのが落ちよ。私の実家は栃木にあって、けっして大きな家ではなかったけれど、それなりに続いた旧家だった。父は最初の奥さんとの間に子どもができず、その人とは離縁して、後添えに入ったのが母なの。兄がすぐ生まれ、少し離れて私も生まれた。母はしっかり妻の座を守っていたけれど、小さな農家の出だったのでいろいろ気苦労はあったみたい」

私は相づちを打つように小さくうなずいた。子どもができない奥さんを、追い出す家があるということだ。あとに入る立場もむずかしいことだらけだろう。

「小さな頃から勉強のできた兄は、とにかく母の一番の自慢だった。東京の大学、それも医学部に受かったときは、ほんとうに涙を流して喜んでいた。多額の入学金も工面《くめん》して払ったの。仕送りだって続けていたわ。でも女の人と暮らし始めたという噂《うわさ》を聞き、学校からも出席日数が足りないという知らせが届き、まさに青天の霹靂《へきれき》よ。母はそのことを誰にも知らせず、私だけを連れて上京したの」

「誰にもって、旦那さん――お父さんにも相談せず?」

婦人は返事代わりにほっと息をついた。

「母も可哀想《かわいそう》なのよね」

つぶやくように言う。重い話だが湿っぽくはならないので、素直に耳を傾けられる。

「子どもたちの良いところは父の家系からきていると言われ、不始末や不出来は母のせいにされてしまう。勝ち気で負けず嫌いな人だったから、言われてしくしく泣き寝入りなどせず、今に見ておれと発憤していたわ。兄への思い入れが過剰になるはずよね。悪い女にたぶらかされているにちがいないと、乗り込まずにいられなかった。そのくせ私をお供に連れていくんだもの。ほんの子どもの私を。強がっていても、東京にひとりで行くのは心許《こころもと》なかったんだと思うわ」

さっき十三歳と言っていた。中学一年生か。六十年前というのもなかなか想像がつかない。

「太平洋戦争が終わって、しばらくの頃ですか?」

「ええ。五、六年は経《た》っていたかしら。たったそれくらいで東京は見違えるほど復興していた。まったくのお上《のぼ》りさん状態で、見る物すべてが珍しかった。けれど母はそれどころじゃないの。知人から教えてもらった住所の書き付けを握りしめ、執念で住まいを探し当てた。今でもあの、鬼気《きき》迫る横顔が夢に出てくるわ。一張羅《いっちょうら》のワンピースを着て、かんかん照りの日差しに顔を赤らめて、何度も額の汗を拭っていた。よく晴れた暑い日だったの。そうそう七月の初め、ちょうど今くらいの時期ね。私は麦わら帽子をかぶっていたわ。ごちゃごちゃした路地に朝顔の蔓《つる》を見つけたときは、ほっとしたものよ。軒先のあちこちに七夕の笹《ささ》がくくりつけられ、風が吹いてさらさら音がした」

探し当てたアパートは木造で子どもの目から見てもわびしく、昼間でも暗い廊下は歩くとぎしぎし音がしたそうだ。部屋をノックすると出てきたのは赤ちゃんを抱っこした女の人で、まだ少女だった婦人はとても驚いたという。けれどお母さんは知っていたらしく、強引に中に入った。お兄さんは不在だった。

女の人は想像していたよりずっと清楚《せいそ》ではかなげで、お母さんが道々語ったような毒々しさは微塵《みじん》もなかった。突然の訪問者におろおろ取り乱し、赤ちゃんを抱えたまま膝を突いて頭を下げた。

「今だから言うけれど、とても母には敵《かな》わないと思った。母もすぐにそう感じたはずよ。たちまち主導権を握り、初めてあがり込んだ家なのにあれこれと指図したの。二間の部屋の片方に赤ちゃんを寝かせ、私に子守を言いつけると襖《ふすま》をぴしゃりと閉め、もうひとつの部屋で、いわゆる今後の話し合いを始めたの」

「お兄さんとのことですよね」

電車が駅に着いた。平塚だ。浴衣姿の女の子たちが立ち上がる。花柄のひとつは朝顔だ。こうして知った花を見るとほっとする気持ちはよくわかる。他にも、話が途切れた間にあれこれ想像が膨《ふく》らんだ。

お兄さんと一緒に暮らしていた女の人は結局のところ、身を引いたのだろう。だからナナちゃんを見たのは一度きりなのだ。その後婦人が姪に会うことはなかった。多くを語らずとも察しがつく。

前途有望な若者のじゃまをするなとでも言われたのか。ひょっとしてお金でも差し出されたのか。しっかり者のお姑《しゅうとめ》さんにガツンとやられたら、おとなしい人はひとたまりもない。などと考えをめぐらせ、ホームに鳴り響くメロディにハッとした。

「もしかして訪問したあと、お兄さん共々、親子三人はどこかに行ってしまったとか」

老婦人は眉を八の字に寄せて首を振った。

「ううん」

「だったら、やっぱり相手の女の人が身を引いて？」

ため息が答えを教えてくれた。

「責め立てたり脅したりしたわけじゃないのよ。母は息子を思う気持ちを切々と語っただけ。それでじゅうぶんだった。このままでは勉強が続けられない。医者にはなれない。兄の将来をつぶすことになる。そんなふうに彼女のほうも悩んでいたんじゃないかしら。妻子を養うのは今も昔も大変だものね。お医者さんになることも。母は一緒に栃木で待ちましょうとも言ったの。だけど相手の人がその道を選ぶことはなかった」

走り出した電車の振動で、那々美に掛けてあったケープが落ちそうになった。片手で押さえ直したまではよかったが、指輪についていた飾りがレースに引っかかった。ずっと気をつけていたのに、とっさのことで注意し切れなかった。

片手は那々美の頭を支えているので動かせない。また助けてもらうのも恥ずかしく、気づかれないように前後左右、小さく振っているうちになんとか外れた。ほっとして抱っこの姿勢を慎重に変える。赤ちゃん連れはいちいちままならない。

お兄さんのもとを離れた女の人は、今で言う母子家庭となり、女手ひとつで子どもを育てるのは並大抵の苦労ではなかっただろう。

「アパートで、何か話をされましたか？」

「私？　ええ。少しだけね。赤ちゃんの名前を教えてもらったの。七夕生まれのナナエちゃん。七つの恵と書くんですって。私を見てその人は、お兄さんに似てると微笑《ほほえ》んだ。お愛想ではないと思うのよ。よくそう言われていたから」

「お兄さんはその後？」

老婦人は再びすやすや眠る那々美に視線を向け、穏やかに目を細めた。

女の人は突然現れたお母さんと妹のことをお兄さんには言わず、七夕過ぎのある日、姿を消したらしい。お兄さんは方々を探し回ったけれど見つからず、幸い、まわりに助言してくれる人がいて大学に戻り、その後は大きく道を踏み外すことなく医者になった。一人前になればもう一度やり直せると思ったのか。

けれどふたりの行方《ゆくえ》はわからず、説き伏せられる形で地元の女の人と結婚した。

「男の子を授かったのよ。でも奥さんは早くに病気で亡くなってしまい、兄はそれきり誰とも再婚しなかった。母はよく言ったものよ。お父さんとよく似てるって」

「お父さん？」

意外な人がそこに出てくる。

「父は、子どものできなかった先妻のことがずっと好きだったみたい。ほんとうは離縁など、したくなかったのよ」

見たこともない男の人が浮かんでくるような気がした。縁側に座り、松だの梅だのの木が植わっている庭を見つめる、さびしげな後ろ姿だ。それまで私は漠然と、旧家の主《あるじ》に傲然《ごうぜん》と収まる、横暴で無慈悲な男をイメージしていた。

「いつだったか、孫と一緒に七夕飾りを作っていたことがあったわ。願い事を書くよう短《たん》冊《ざく》を渡されて、じっと考え込んでいた。そして父は結局、何も書いてない短冊を笹にぶら下げたの。ほんとうの願い事は書くことができなかったんじゃないかしら。兄も同じ。病院に掲げられた笹に、あるとき白紙の短冊を見つけたの。看護師さんが先生のですよと教えてくれた。ね、親子して同じでしょう。へんなところが似てるのよ」

　ふたりとも添い遂げたい人は別にいたということか。ちがう女の人と結婚し、子どもが生まれ、家庭を築いても、かつての人を忘れ去ることはできない。いつまでも思いを残す。そして文字にできない望みを、そっと笹の葉にくりつける。

「お母さんは——」

　言いかけて、そのあとなんと続ければいいのかわからなくなった。口惜《くや》しかったでしょうね、か。それとも、寂しかったでしょうね、か。一緒に暮らす男の、「一番」にはなれなかった、それはどんな気持ちだろう。男がひどいのか。でも、今とはちがう時代だ。他にどんな選択肢があったのか。要領のいい男ならもっと器用に生きる。古傷にいつまでも囚われてしまう、器用ではない男だからこそ、その心が欲しくなる。でも過去の女性に負け続ける。

そして過去の女性も、一番身近で長い年月を共にすることはできない。

何か言おうとして言葉にならず、でも私の気持ちは伝わったようだ。婦人は「いいのよ」と語りかけるような眼差《まなざ》しをくれた。ふたりして、しばし窓の外に目をやった。風景は次から次に現れては消えていく。家並みも木々も道路も車も一瞬にして流れ去っていく。

こんなふうにたくさんの物事を過去へと押しやって生きているのに、終着点まで後生《ごしょう》大事に持ち続けるものもあるのだ。

私のそれはなんだろう。

腕の中のぬくもりを思わずたしかめる。そこに、アナウンスが入った。間もなく二宮《にのみや》駅。私の降りる駅だ。

「すみません、次で」

「あら、そうなの。私はおとなりの国府津《こうづ》までなの」

にわかに荷物をまとめる私に、婦人も手を貸してくれる。別れがたい思いがあった。もっと話がしたい。聞いていたい。でも電車のスピードが落ちる。見なれた風景が窓の外に広がる。私の生まれ育った町だ。

「いろいろありがとうございました」

「私こそ、昔話に付き合ってくれてありがとう」

また会える日があるだろうか。それともこうして別れていくからこそ、記憶に刻みつけられるのだろうか。きっと私は今の会話を忘れない。

改札口の向こうには手を振るふたりのおばさんがいた。ひとりは母。もうひとりは近所のおばさんだ。昨夜突然、父がぎっくり腰になってしまい車の運転もままならない。免許のない母が気心知れた人に頼んだらしい。

「祐介《ゆうすけ》！　こっちこっち」

わかっている。大きな声で呼ばないでほしい。

私は眠りこけている那々美を抱え、肩にバッグを掛け、もうひとつの手提《てさ》げ袋を持ち、ゆっくり歩み寄った。

「ナナちゃーん。まあよく寝て。祐介叔父《おじ》ちゃんは、優しくお世話してくれましたか」

失敬な。だいたい「叔父ちゃん」はやめろといつも言っている。とりなすように、おばさんが笑いかけた。

「祐ちゃんおかえり。今日もまたきれいなかっこうねえ。銀座《ぎんざ》のお店は繁盛している？」

これもまた微妙な表現だ。きれいも何も、ただのシャツにパンツではないか。銀座のブティックでは店員のひとり、けっして自分の店ではない。

「ナナちゃん、今日から一週間、仲良くしましょうね。じーじがおうちで待っているわよ」

「あさみちゃんは元気？　大変ね、急な出張なんて」

姉の出張が一日早くなり、義兄《あに》も重要な会議とやらで会社は休めない。こういうときに限ってじーじがぎっくり腰だ。そこでたまたま休日だった私に白羽の矢が立った。実家への輸送役を頼まれたのだ。これからもこき使われそうな、いやな予感がよぎる。

「寝てくれたならラクだったでしょう」

「大船《おおふな》までは起きてたよ」

「人見知りの少ない子だから、いざってときは助かるわね」

「それより、こうして抱っこしていても、父親には見えないかな」

ふたつの荷物をそれぞれ持ってくれたふたりのおばさんが、まるで漫才芸のようにそろって目を丸くした。わざとらしくぷーと噴き出す。

「祐ちゃんのどこがお父さんに見えるのよ。そんな高そうなシャツ着て、赤ちゃん抱っこするパパなんかいないわよ。ヨダレがつくでしょ」

「指輪、そういうのはダメと言ったでしょ。赤ちゃんの肌に傷でもついたらどうするの。

ネックレスは外しているわね。オーデコロンもやめてよ」

ひどい言われようだ。眠っているからと相変わらず那々美は私の腕の中にいる。駐車場への道すがら、やはり独身男に見られていたのかなと思う。だからあれを言ったのか。

向かいの席に座っていた老婦人は、別れ際、私にこんな言葉を投げかけた。

「あなたは、白紙の短冊など下げないようにね」

ちゃんと書き記すことのできる願い事を持てと、言いたかったのだと思う。さて、どうだろう。

自然とひとつの顔が脳裏に浮かぶ。ほんとうは休日の今日、約束があった。キャンセルのメールを入れると、ひどくしょげ返った返信が届いた。「一緒に行っちゃダメ?」ともあった。それに対しての返事は出さずじまいだ。

でも、してみようか。平塚までは東京から小一時間。七夕まつりは夜の方が盛り上がる。

このままだときっと、私は短冊に書き入れる言葉をなくす。

好きなら好きと言えばいい。一緒に暮らせばいい。そして末永く幸せに——と、簡単に物事は運ばない。昔も、今も。

那々美に強い日差しが当たらぬよう、母が日傘を差し掛けた。レースの縁取りがとても夏めいていて、さまざまな記憶を呼び覚ます。それらと一緒についさっきの会話も、思い出の抽斗《ひきだし》とやらにしまわれる。

見上げた空に白い雲が細くたなびいていた。どこからか、さらさらと葉擦《はず》れの音が聞こえる気がした。

体育館フォーメーション

とにかくひどい、あまりにもひどい、なんとかしてくれ。

ここしばらくさんざん聞かされた言葉を、今また投げつけられた。昼休みの生徒会サブルーム。食べ終わったコロッケパンや焼きそばパンの空き袋をひとつにまとめ、コーヒー牛乳の紙パックをあらかた飲み干したところで、研介《けんすけ》はふーっと息をついた。

机の上にあるのは、目を通すよう言われている中間期の会計報告だが、それどころではないらしい。

「他人事《ひとごと》みたいな顔するなよ。解決のために乗り出すのがおまえの仕事だろ。のんびり構えてないでさっさと動けよな。さっさと」

たしかに、割り当てられた担当ではある。生徒会なんて柄《がら》でないのは、研介にしてもよくわかっていた。一年の春、じゃんけんに負けて体育祭実行委員を押しつけられ、準備から後始末まで駆けずり回っていた。すると打ち上げ会の帰り道、上級生から声をかけられたのだ。良かったら一緒にやらないかと。当時の生徒会、副会長だった。

県立南《みなみ》高校において、生徒会への参加方法は自ら手を挙げ加わるという正攻法の外、内部の人間が使えそうな人材を勧誘するというスカウト方式が定着している。いやなら断ればいい。おそらくしつこくは言われないだろう。研介にしてみても当然、断る肚《はら》は決まっていた。迷う余地もない、はずだった。でも「向いているよ」というひと言には思いの外、特別な力が備わっていた。

ふらふらと足を踏み入れ、一年生の間は使いっ走りに明け暮れた。さまざまなイベントに駆り出され上級生とやりとりし、学校側と交渉し、生徒からの要望や要請に耳を傾け、めんどくさいもめ事に首を突っ込む。いろいろあったけれども、「裏方」というポジションはそう嫌いでもなかった。自分をスカウトしてくれた副会長のタフな性格や、何かあったときの判断能力の高さにも刺激を受けた。翌春、彼が卒業してしまうまでの数ヶ月間に得たものは多い。

二年になると役が付き、研介は部活担当を任された。文化部を除いた運動部全般だ。

「荻《おぎ》、聞いてるか?」

「聞いてるよ。大きな声を出すな」

自分の苗字《みょうじ》、正しくは「荻」ではなく「荻野《おぎの》」だ。

「出さずにいられるか。なんなら暴れてやってもいいぞ」

「やめろって」

机をはさんで向かいに座っていた男が上半身を乗り出したので、反射的に身体《からだ》を引いた。男子バレー部のキャプテンで大平《おおひら》という。身長百八十五、体重八十三キロというガタイの良さに加え、ぼさぼさの眉毛、たるんだほっぺた、丸い鼻、若さをどこかに置き忘れたオッサン顔をしている。

気合いを込めてねめつけてくるので迫力はじゅうぶんだ。対する研介は身長百七十一、体重六十キロ。がりがりの痩せ型というほどでもないが、細い肩と薄い胸とほとんどついていない筋肉はいかんともしがたい。顔立ちはなかなか人に覚えてもらえないので、相当地味なのだろう。運動神経はたぶん中の下。

いいとこないじゃないかと自虐《じぎゃく》的にもなるが、いじけている暇はない。

「そっちでなんとかならない？」

「ならない。だからわざわざこんな時間、こんなとこまで来たんだ。いいか、おれは冷静に、ちゃんと話を付けようとしたぞ。おまえらいいかげんにしろ、ぎゃんぎゃんわめくな、うるせえってな。けど当の酒々井《しすい》はシカト。キャプテンの阿部《あべ》はのらくら。てんで話になんねえよ」

研介がうなずく代わりに渋い顔をすると、大平のどっしりした体軀《たいく》にほとんど隠れて見えなかったもうひとりが首を伸ばして加勢した。

「あんなの部活じゃないわ。怒鳴り声と叩《たた》きつけるボールの音で、まさに空気が凍りつく感じ。おかげで雰囲気は最悪よ。うちの女子は青ざめるし一年はびびり上がるし。てーんで練習にならないの。この頃じゃあ、体育館に行きたくないだって。恐くてやなんだって。冗談じゃないわ。このままやめるなんて言い出されたら、わたし、どうすればいいの！」

言葉遣いとパーソナリティが非常に個性的なバドミントン部キャプテン、才《さい》ぴーこと才《さい》川《かわ》だ。くねくねした髪を肩まで伸ばした男で、部活のときだけひとつに束ねている。今はもっとくねくねさせて、指先でいじっている。バド部は三年が引退したのち、二年、一年の男女合わせて六人という小さな所帯なので、ひとり欠けても同好会に格下げされてしまう。切実な問題であるのはよくわかる。似たような訴えを昨日《きのう》の昼休み、卓球部にもされたばかりだ。あそこもぎりぎりの少人数。

小さいところだけでなく、十数名でまわっている女子バレー部も昨日の放課後、大挙して押し寄せた。ついに堪忍袋《かんにんぶくろ》の緒が切れたという様相で、「あのドS部がっ」と吐き捨てた迫力は大平より勝っていた。思い出すだけで冷や汗が出る。

ドS部の異名がまかり通る男子バスケ部は、今夏の県大会では準決勝まで進み、南高にしてはまあまあの戦績を誇っている。部員の多くは上昇志向が強く、根っからの体育会系気質で、朝から晩まで練習漬けの日々を送っている。それをストイックと称し、彼らを応援している女子はやたら持ち上げる。

中でもシューティングガードである長身の酒々井は、研介と同じ二年五組。吊《つ》り目の三白眼《さんぱくがん》で、ふてぶてしい面構えの男だ。短気で切れやすく粗暴という欠点だらけの人間であるにもかかわらず、コートの中ではかっこよく見えるという、ただそれだけの理由で女子受けが良い。

コートを離れれば愛想がない分、口数も少ないのでうるさくないし、ちょっかいを出さなければ短気も起こさない。授業中はまさに眠れる獅子《しし》だ。長い手足を折り曲げて微動だにしない。

多少感じの悪い言動はあっても我慢してやり過ごせば実害はないはずなのに、ここにきて苦情が殺到している。下級生への仕打ちが非道で、目に余るとのことだ。口汚い罵《のの》りや恫喝《どうかつ》は体育館に響きわたり、居合わせた他の部は気詰まりもいいところ。悲鳴や泣き声まで聞こえ、練習に集中できないという。

「そりゃな、バスケ部がハードなのは今に始まったことじゃない。なんの我慢比べか知らねえが、やりすぎて身体を壊したり怪我《けが》したり倒れたりはしょっちゅうだ。嫌気が差して、うちに入り直すやつは珍しくない。うちはほら、人としてまともな部だから。一年だろうがなんだろうが一応、人間として扱ってるよ。そのあたりもアタマのいかれたあいつらとはちがう。ただ、これまでなら同じ体育館にいても、うちはうち、あっちはあっちでやってこれた。無視できるレベルだったんだよな。でも今回はそうはいかない」

相槌《あいづち》を打つように首を動かすと、横から腕を摑《つか》まれた。

「オーヒラの言ってるの、ぜんぜん大げさじゃないわよ。何かあってからじゃ遅い。おぎっちゃん、あなたは運動部の元締めなんだから。ちゃんと手を打たないと責任問題よ。しっかりして」

「はい」

返事をして摑まれた腕をほどき、研介は背後の棚から紙切れを一枚引き抜いた。机の上に広げる。体育館の放課後割り当て表だ。

現在、体育館を使って練習に励んでいる運動部は六つある。男女に分かれているバスケ部、バレー部の計四つと、混合である卓球部とバドミントン部。南高には他にウェイトトレーニングできる床張りの施設があり、そこのフリースペースで体操部が活動している。剣道、柔道には武道場がある。

屋外活動の部活としては専用コートを持つテニス部、グラウンドを分け合っている野球部、サッカー部、陸上部などがあるが、今回のもめ事はあくまでも体育館の中のことだ。

「いったい何があったんだろうな」

「何って？」

「酒々井をはじめとする男バスだよ」

女子受けはいいが、それはあくまでも「一部の女子」で、必ずしも全校中の支持を集める人気の部活というわけではない。ハードな練習についていけずにやめさせられた者は逆恨《さかうら》みをまき散らすし、戦績をかさに着て偉そうだと批難する者もいるし、クラス行事をないがしろにすると憤慨する者もいる。一部であっても、女の子からきゃーきゃー言われていることへの、男たちのやっかみももちろんある。

前々から研介の耳にも不平不満の類《たぐい》は入っていた。アンチ派は少なからずいるのだ。けれど今回の訴えは、たしかに今までとはちがうかもしれない。

「大平や才ぴーが来る前にも、あちこちからクレームが舞い込んでるんだ」

「そうだろうよ」

「誰が見てもあれは異常だもん。顧問の中曽根《なかそね》が腰痛で最近あまり出てこないでしょ。それもいけないと思うんだけど」

「おれもバレー部の面々もそのうち治まるだろうと思ってた。最初はやけにぴりぴりしてるな、くらいだったんだよ」

口々に言うふたりに、研介は投げかける。

「具体的に言うと、いつくらいからおかしかった?」

「そうねえ。先週のあたまにはもう変だったわ」

「バドの練習日からすると、火曜日の五時からか」

「ぴりぴりしてるって意味では月曜もおかしかった。月曜は女子と半コートずつ使う日で、男バスの一年が凡ミスばかりで酒々井に怒鳴られたんだ。おれはまたかと思ったけど、村《むら》上《かみ》や小菅《こすげ》は、いつもよりきつい、何かあったんじゃないかって、そのときすでに言ってた」

ふたりとも、男バスのプレイを間近に見られるのがバレー部の特権だと常々言ってる女子たちだ。そして昨日はたいへん苦々しい顔で乗り込んできた。

「村上や小菅はさすがだな。初期の頃から異変に気づいていたわけか」

「荻、あいつらから何か聞いた?」

まあねとうなずく。

「ふたりが気にしているのは酒々井の女だよ」

「え? ちょっと待て。吹奏楽部の子とは別れたんだろ」

「新しいのが現れたんじゃないかって」

「早いな。しかし現れて、荒れるか？」

「いつもとちがうあいつを見て、いつもとはちがうタイプの女かもしれないと」

「ひえー。よくそんなこと考えるな」

酒々井はけっして硬派な堅物というわけではない。付き合いたいのはやらせてくれる子だと、男相手には常に本音を漏らしている。じっさいいろんな子と付き合う。正しくは、付き合おうとする。けれどバスケ馬鹿の部分は一ミリも譲らないので、練習で絶えずくたくたになり、試合のことで頭がいっぱい。待ち合わせも、メールの返事も、誕生日も平気ですっぽかすし、ひどいときには彼女の名前も忘れるので、遅かれ早かれ愛想づかしをくらうのが毎度のパターンなのだ。

「やめてよ。すぐ女おんなって、バカみたい。女のことでイライラしたとしても、先週から今週までずっとって長すぎでしょ。そんなに気になる相手がいるなら、ちょっとくらい練習をサボるわよ。気もそぞろで、身が入らなくなるかもしれない。でもあの男は怒鳴って切れる以外、まったく変わらずハードなメニューをこなしているわ」

「年上の女で、夜の店に勤めているのかもしれない。だから昼間の練習はＯＫ」

「どういう妄想よ。まあ酒々井なら、水商売のおねえさんとは案外、絵になるかもしれないけど。朝練だって一日も欠かしてないのよ」

「才ぴー、よく知ってるね」

「バド部にも追っかけがいて、聞かされてるの。わたしの趣味じゃないわよ、あんなの」

どういうのが趣味なのかはあえて聞かない。他のことを尋ねた。

「だったら才ぴーはどう思っている？　心当たりでもただの勘ぐりでも、なんでもいいよ。酒々井はなんで荒れてるんだろう」

「さあ。よっぽど口惜《くや》しいことがあったんじゃないの。何かはわからないけど。ポイントはふたつね。先週から、かれこれ十日もその口惜しさが続いてるってこと。和《やわ》らぐどころかひどくなってる気もする。もうひとつは、その理由をほとんど誰も知らないってこと。これもまた不思議じゃない？　あるときから突然、なんの手がかりもなく、なのよ」

わからないから、まわりもイライラし、不愉快で不安なのだ。

研介は愛用している生徒会のパソコンで、バスケ部のデータを検索した。ここしばらくの試合結果が入っている。先週の月曜日からおかしくなったとして、前日の日曜日、ちょうど近隣の高校と練習試合が行われていた。二点差で南高が勝っている。いつもはもっと差がつく相手なので不本意かもしれないが、勝ちは勝ち。負けて不機嫌になったのではない。そもそもいくら酒々井だって、負け試合をいつまでも引きずって怒鳴り散らすほど幼稚ではない。

「なあ、大平」

「ん？」

「さっき、阿部に抗議しても埒《らち》があかないと言ったよな。バスケ部のキャプテンは酒々井の切れっぷりに困ってないのか？　他の部が顔色変える事態なのに、男バスはどうしている？」

「それだよ。阿部のやつにガンガンクレームかましてやったら、『よその部のことに口出すな』だってさ。よけいなお世話、ほっとけだと。キャプテンがその調子だから他のやつらは何も言わない。あそこは上下関係が徹底してるだろ。親分には誰も逆らわない。マネージャーもしかりだ。よく見りゃ眉をひそめてるのも、明らかに不満顔のやつもいるのにな」

「酒々井のふるまいを、阿部は止めてないんだな。容認してるってことか」

言いながら、研介の眉も自然と寄った。もう一度、体育館の割り当て表を眺める。

「ここしばらくいろんなやつが愚痴をこぼしたり、文句を言いに現れた。でも男バスはひとりも来てない。表を見るとはっきりするな。体育館を使っている部で、男バス以外のすべての部が悩まされている。女バスだって……」

話があるといって研介を呼び出したのは、となりのクラスの女の子だった。メモ用紙にあった図書室近くの非常口に行ってみると、彼女は最初から思い詰めた顔をしていた。大平と同じく、たまたま酒々井の虫の居所が悪い、そのうち戻るだろうと静観していたけれど、いつまでたっても治まらない。見かねて女バスの中から数人が意見したものの、まったく相手にされなかったそうだ。

昔からバスケ部は男女の力に差がある。成績においても、部員数においても。何かと目立つ男バスに引き替え、女バスは添え物扱いされるだけでなく、外部の女子から心ない中傷を受け続ける。合宿や試合の応援など、男女合同の機会があるので仲が良さそうに見えるのだろう。

離れろ、そばに寄るな、べたべたするなと、日頃さんざん攻撃されているのに、今回は同じバスケ部ならなんとかしろと責められたらしい。ただでさえ気を揉《も》んでいるのに役立たずと罵られ、そうとうめげていた。

「ねーえ、酒々井の家庭環境って、どうなってるのかしら。お父さんがリストラされ高校をやめなきゃいけないとか、家族が病気になったとか、両親の不和とか。いろいろあるじゃない」

「ああ、それはないみたいだ。卓球部の女子が、酒々井の母親と親同士の仲がいいやつを知ってて、探りを入れたんだって。そしたら今までと変わらず、事務のパートをやりながら料理教室に通っているらしい」

「たいしたものね、情報網」

「ほんとだよ。おれも思った」

いろんな伝手《つて》があり、練習ぶりをチェックしている者もいれば、女関係に目を光らせている者もいる。言葉尻ひとつ、コート外の行動ひとつ、誰かがどこかで細かく見聞きしているのだろう。けれどこれといった有力説がないのは、才川が言うように不思議だ。

「とりあえずキャプテンは何か知っているわよね。きゅーっと締め上げてやろうかしら。わたし、阿部には強いのよ」

くねくねの長い髪が、ふふんと揺れる。期待が持てるかどうかは微妙だった。大平にどやされても屈しなかった男がそう易々《やすやす》と口をゆるめるとは思えない。

そして騒ぎの張本人である酒々井は、おおぜいの人間から顰蹙《ひんしゅく》を買い、現在の評価は急降下の一途をたどっている。日を追うごとに噂《うわさ》に尾ひれもつくだろう。それなりの人気者から「人でなし」への転落は近い。けれど困ったことに、おそらく酒々井はこたえない。他人からの評判など眼中にないからこそ、ドS部のちょードSが務まるのだ。

こたえるとしたら……。

「腹を立て怒鳴り散らし、ボールを叩きつけるのにも体力がいるよな。それは妙だ。あいつらしくない。わざわざ労力を使ってまで荒れるのは、理由でなく目的があるのかも」

「目的？」

大平と才川が声をそろえて聞き返す。今度は研介が身を乗り出した。

「おれにも気になってることがあるんだ」

「なんだよ」

「何よ」

「一年だ」

「は？」

「男バスの一年。悲鳴をあげているのは一年部員だろ？　ほんとうなら真っ先に駆け込んできてしかるべきだ。これだけ騒ぎになってる。今さらチクったのなんの、言われる心配もない。なのに誰も来ない」

たちまち大平が肩をすくめた。

「さんざん言ってるじゃないか。あそこは典型的な体育会系で先輩には逆らえない。下級生は何をやられても堪《た》え忍ぶしかないんだ。そういうメンタリティにすっかり染まっている」

「そうよ。誰もいないところで慰め合うのがやっとじゃない？　生徒会の役員に泣きつくなんて発想すらないのよ。ただでさえ萎縮《いしゅく》してるだろうし。あるとき突然、みんな退部してしまうかも。待って。ひょっとして、酒々井が狙っているのはそれ？　あの男、今の一年を一掃《いっそう》したいの？」

研介はさえぎるように片手を挙げた。

「ふたりの言ってるのはよくわかる。ふつうに考えたら一年が反旗を翻《ひるがえ》すのはむずかしい。他ならさておき男バスは無理だ。いきなり退部するのがせいぜいかもな。でもちがうんだ」

「何が？」

「あそこの一年には、ちょっとばかりできのいいのがいる」

才川の目がとたんに輝く。

「わかった。ミヤくんね」

さすがだ。正しくは宮前和樹《みやまえかずき》。

「春の体育祭であいつ、クラスから選ばれて実行委員をやってたんだ。おれも手伝っていたから、やりとりがいろいろあった。飲み込み早いし、機転も利く。学校の成績は知らないが、アタマのいいやつだよ。ほんとうは生徒会にスカウトしたかった。初めてそう思える一年に出会えた。運動部との掛け持ちだって、してるやつはしてる。ただバスケは、な。どう考えても無理とあきらめた。こんな話を本人相手にするくらいは、親しくなったつもりだ。なのにあいつはおれに何も言ってこない」

「それは……」

もったいぶった目配せと共に、才川は唇のはじを吊り上げた。

「賢い子なら、ぺらぺらとしゃべれないわよ。あんたがどういう立場なのか、わかっていればなおさら」

「そうなんだろうけど、先週の金曜日、帰りがけに自転車置き場でばったり出くわした。あいつはおれに気づくなり、にっこり笑って挨拶したよ。今帰りですか、忙しいんですね、なんて、如才ない口も利いた。ふだんと変わった様子はまったくなかった。部活帰りで疲れてはいただろうが、表情はいきいきしてたよ。そばに他の一年もいたけど、誰もどんよりした様子じゃなかった」

「おかしいわ、それ」

言いながら才川は机の紙切れを指差した。

「金曜日なら、うちは体育館のすみっこで素振りの練習していた。男バスの一年はすごい勢いで酒々井に怒鳴られ、ミヤくんなんか胸ぐらを摑まれ振り回されたのよ。床に叩きつけられ、汗なのか涙なのか必死に拭ってた。わたしまでもらい泣きしそうだった。他の一年もしごかれてぼろぼろだったわ」

「ああ、おれも覚えてる。うちの顧問が居合わせて、さすがに珍しくおろおろと駆け寄って、おまえらいい加減にしろと抗議したよ。ちっとも聞き入れられなかったけどね」

「おぎっちゃんの前で、虚勢を張ったのかしら」

「いや」

清々《すがすが》しい少年の顔をした下級生を思い出し、研介は否定の言葉を口にした。

「全身からほどよく力が抜け、リラックスしてたよ。あいつは悲愴感《ひそうかん》をまとうどころか、むしろ、楽しげに見えたんだ」

「まさか……」

とまどう才川と大平に、研介は「よし」と歯切れよく言った。

「今日の放課後、体育館に行ってみよう」

自分だって、一年と数ヶ月、ただただ駆けずりまわっていたわけではない。頼りになる先輩、ならない先輩、そして同級生たちとのやりとりを繰り返して、裏方なりの日々を送ってきたのだ。思い起こされるトラブルは大小さまざま、硬いのから軟らかいのまで、時と場所をまったく選んではくれなかった。頑張《がんば》って立ち向かったし、頑張ってスルーもした。そうした経験によって培《つちか》った嗅覚を以《もつ》てすれば、きっと何か見つけられるだろう。面白くなってきたと、できる部活担当者をちょっとだけ気取り、研介は頬杖《ほおづえ》を突いて笑みを浮かべた。

その放課後、目を通さなきゃいけない書類を片づけ、会長からもうすぐ開かれる他校の学園祭についての話を聞いていると、足音を響かせ大平と才川がやってきた。それぞれジャージとTシャツの練習着を身につけている。

「何やってるんだよ。ちっとも来ないから迎えに来た」

「ちゃんと見学してよ。約束でしょ」

「わかったってば。行く行く」

ほとんど引っぱられる形で一階に降り、東校舎を抜けて体育館に向かう。渡り廊下まで来たところでひょいと視線を向ければ、薄暮《はくぼ》の中、大きな建物のガラス窓から白い灯《あか》りが煌々《こうこう》と放たれていた。複数の掛け声や足音、ボールの弾む音が外にまで聞こえ、いつもの部活風景が見る前から脳裏をよぎる。

中に入れば思い描いたとおり、ふたつのコートのうち、入り口から見て手前を男女のバレー部が使っていた。レシーブとスパイクの練習を半コートずつで行い、それこそ汗まみれで熱気を帯びている。奥では男子のバスケ部が一面まるまる独占している。バドミントン部はすみっこでサーブの練習。段差のある舞台の上では卓球部が素振りをしていた。

割り当て表を頭にぐるりと見まわしていると、聞き覚えのある怒鳴り声がした。

なんで落とすんだよ、抜けよ、もたつくな、てめえ、いい加減にしろ、なめてんのか。もういい、やめちまえ。できないならやめろよ。今すぐ帰れ！

空気を震わすような、ただならぬ剣幕だ。気圧《けお》されるように、手前のコートにいたバレー部が動きを止めた。バドミントン部は拾ったシャトルを手に立ち尽くし、卓球部は舞台から憮然《ぶぜん》と見下ろす。

職員会議の時間とあって、各部の顧問はどこにもいない。ぼんぼんぼんと、バスケットボールの弾む音だけが体育館にこだました。

それきりしーんと静まり返り、ややあって、各部員たちはそれぞれの練習に戻った。掛け声に覇気はなく、動きは散漫。明らかにテンションが下がっていた。

「あれか」

「そう、あれ」

「今日も酒々井は絶好調だな」

大平の皮肉を背に、研介は壁に沿って移動した。気づいたバド部が場所を譲って通してくれる。休憩中のバレー部員とも目が合うと会釈し合った。バスケ部の使っているコート側にも出入り口があり、開け放たれているときはギャラリーが鈴なりだが今日はぴっちり閉まっていた。よけいに暑苦しく汗臭く、怒鳴り声も響く。扉の前には用具やバッグ類が集められ、コートから出た部員が床に腰を下ろしへたり込んでいた。

研介がぐるりとまわって歩み寄る間に、バスケ部もまた練習を再開し、奥のゴールではフリースローの練習、手前のゴール下では二対二の攻防戦が繰り広げられていた。一瞬で目を引くのは躍動する酒々井の姿。逆サイドから走り込み、ディフェンス役と競り合ってポストアップ。パスを受け取りターンしてシュート。みごとに決まる。リバウンドを取ったキャプテンの阿部がすばやく攻撃に入る。ディフェンスを押し出しパワードリブル、ステップを踏んでシュートに持ち込む。

そうはさせじと酒々井がカットし、こぼれたボールを拾った者からパスをもらう。スリーポイントの位置から鮮《あざ》やかなシュートを放つ。これもすんなり決まった。無駄のないきれいな動き、しなやかな手足の流れ、集中力。爪先から指先まで制御が行き届き、ひどく簡単なことをしているようにも見えてしまう。それくらい、彼のプレイは軽やかで迷いがない。ボールを取りに行く荒々しい動きでさえ、鮮やかで小気味いい。

「宮前」

　コート脇で先輩たちの動きに見入っている彼に、研介は声をかけた。今初めて気づいたらしく、驚いたように目を瞠《みは》る。いいから来いと手招きした。しきりにコートと研介、大平、才川の三人を見比べる。もう一度大きく手を振ると、ひどく不安げな顔つきでやってきた。

「酒々井を呼んできてくれよ」

「ば？」

「は、じゃない。酒々井だ。今すぐここに」

睨《にら》んだわけでも凄《すご》んだわけでもない。きわめて冷静かつ穏やかに頼んだのに、宮前は顔を歪《ゆが》め怯《おび》えるように身をすくめた。

「無理です」

「なんで」

「今は練習中です。勘弁してください」

「そんな言い方するなよ。大事な用件があるんだ」

「ほんとうに無理です。あともう少しで休憩があると思うんで。そのとき……」

「今だ」

今度は意識して腹に力を入れた。低くて重々しい声にしたつもりだ。ついで腕を組み、偉そうに顎《あご》をしゃくった。大平と才川が何か言いたげに動いたので、ちらりと視線を向けて制した。再び宮前に言う。

「いいから酒々井を連れてこい」

「荻さん、すみません、おれにはできないです」

「宮前。おまえさ、金曜日の夕方、もう日が暮れて真っ暗な中、自転車置き場でおれと会っただろ。にっこり笑いかけてきたよな。いつもの冴《さ》え冴《ざ》えとしたいい顔で。今みたいな哀れっぽさは微塵《みじん》もなかった」

うろうろと宮前の目が泳ぐ。記憶の糸をたぐっているのだろう。そして息をのむような気配がした。

「あのときのあれが、ほんとうのおまえだよな？」

これは小声で言ってやった。彼は一瞬だけ口惜しそうに唇を嚙《か》む。ほんの一瞬だ。すぐに弱々しく顔を伏せ表情を隠す。賢い後輩は己のミスに思い当たってなお、「気の毒な一年生」を崩す気はないらしい。あくまで死守しようとする。いい根性だ。

「鬼のように恐ろしい先輩をさっさと呼んでこい。これ以上、よけいなことを言わせるな」

腕を摑んで無理やり反対を向かせ、少々乱暴に背中を押すと、宮前はしぶしぶコートに向かって駆け出した。ちょうど酒々井のシュートが決まり、まわりから歓声があがったところだった。その酒々井に宮前は声をかけ、何度もぺこぺこ頭を下げてから研介たちの方を指差した。

鍛え上げた筋肉を誇示するように力み、彷徨《さまよ》い込んだ獲物を見るような目で、酒々井は研介をまっすぐ睨《ね》めつける。今にも肉食獣特有のうなり声が聞こえそうだ。すかさず差し出されたタオルをもぎ取り、乱暴に顔と頭を拭い、それを首にかけてコートから降りた。

ハンパないオーラだった。一歩、また一歩と研介との距離を縮める。凶暴な顔つきで歩み寄る。今にも飛びかかってくるような圧倒的な迫力に、大平はさておき才川は半歩後ろに下がった。ごく自然な防衛本能だと思う。今すぐ逃げ出した方が利口かもしれない。

などと思う間にも研介の前に、でかい図体《ずうたい》が立ちふさがった。濡《ぬ》れた短髪から、汗がしたたり落ちる。呼吸はだいぶ落ちついているようだが、分厚い胸が静かに上下する。温まった身体から熱が発せられる。研介は二十センチ上から見下ろされた。

けれどひるまず胸を反らす。鋭い眼光を正面で受け止め、先に手を出したのは研介の方だ。酒々井の首にぶら下がるタオルの左右を掴み、手前に引いた。彼の顔がぐっと近づく。それに向けて、ほんのひと言、言ってやった。

「いつまで？」

凶悪な人相がぴくりと動く。

「今のこれ、いつまでだよ」

大きな声じゃない。これもまた小声だ。近くにいた大平たちに聞こえたかどうか。

酒々井は研介の手を払い、タオルを首から外して自分の額や首を拭いた。そして数秒、斜め上の虚空に目を向けてから「ちぇっ」と舌打ちした。長身を折り曲げ、研介の耳元に囁《ささや》いた。

「あと二日」

それだけ聞けばじゅうぶんだった。かぶさってくる酒々井の上半身を押し戻し、今度はまわりにも聞こえるように言い放った。

「おまえ、大概にしろよ。えらそうに怒鳴り散らすな。一年びびらせてどうする」

酒々井はほんのわずか眉をひそめたのち、負けずに噛みついてきた。

「うるっせえ。ほっとけタコ。てめえの出る幕じゃねえ」

「苦情が来てるんだよ、苦情が。いいか、これ以上大ごとになるようなら、こっちも手を打つ」

「はあ?」

「クビにしてやる。やめるのはおまえだ。こっちにはそういう権限があるんだよ。バスケを続けたきゃもっと節度を持て」

「権限だと。クビってなんだ。もういっぺん言ってみろ。てめえこそ何様だ」

いきり立つ酒々井を阿部や他の二年生が押しとどめ、研介は大平と才川に引っぱられ、その場から離れた。踵《きびす》を返した拍子に、多くの視線が集まっていたことに気づく。突然現れた生徒会の人間が何を言い出すのか、固唾《かたず》をのんで見守っていたのだ。

黙って床を踏みしめた。大股でコートの外をまわる。ぼんやり立っているやつは邪険に払いのけた。途中で「おぎっちー」と声をかけてくる女バレの子がいた。心配そうで物言いたげな眼差《まなざ》しを向けられるも、応える余裕はなくシカトしてしまった。

体育館から出て、渡り廊下から校舎に戻る。階段脇の非常口まで来たところで、それまで無言だった大平と才川が騒いだ。

「なんだよあれ」

「酒々井と何を話したのっ！」

「ちゃんと説明しろ」

「ひとりだけわかった気にならないでちょうだい」

あわてて「しぃー」と指を立てて階段脇に身を潜《ひそ》めた。まわりに誰もいないのをたしかめて言う。

「おれもわかんないよ」

「うそっ！」

「ただ、あいつらは何かしら意図があって、あれをやってるんだと思う」

ふたりは呼吸を止めて瞬《まばた》きする。

「あの一年生いびりが、ヤラセって言うの？」

「待てよ、荻。他の人間はさておき、酒々井はやんねえよ。誰がなんて言おうと、あいつはそんな面倒なこと、やるもんか」

「しぃー。誰にも言うなよ。あともうちょっとらしい。今日は木曜か。ということは……」

研介は指を折り、思わず「うーん」と唸《うな》る。

「黙んないで。ちょっとって、いつ？」

「日曜だ」

隠されているものに一歩、近づいた気がした。見えそうで見えないものの輪郭がうっすら浮かび上がる。あとはこの手でしっかり摑まなくては。拳をぎゅっと握りしめた。

大平は不満たっぷりに頰を膨らませ、才川は人差し指を自分の頰にあてがい眉をひそめる。まあまあと宥《なだ》め、研介はふたりを廊下に押し出した。

「とにかく今は部活に戻れよ。ほら、みんなキャプテンを待ってるよ」

体育館では相変わらず、複数の部が汗をしたたらせ活動中なのだ。

日曜日に待ち合わせたのは県立北高校の最寄《もよ》り駅でだった。現れたのは制服の上に紺色のカーディガンを羽織った才川。指定のブレザーを着込んだ研介は改札口で手を振った。大平も来たがったが向こうは向こうでバレー部の地区大会初日だ。当然、そちらに行かなくてはならなかった。

バスケ部の地区大会は再来週から始まる。その前に近隣の高校で練習試合が開かれる。先々週は東高校で行われ、今週は北高校。研介たちの南高校は夏前に何度か場所を提供したので、秋は出かける側にまわっていた。

才川が率いるバドミントン部は先週の日曜日と昨日の土曜日、すでに地区大会でシングルスもダブルスも敗退していた。

「わざわざ試合を見に行くってことは、そこで何かあるわけ？」

「たぶんね」

最寄り駅からバスに揺られ、「北高校前」という停留所で降りた。研介にとっては二度目の来訪だった。一度目は軽音楽部が屋外ライブに招待され、文化部担当の役員に付き合わされたときだ。生徒会に所属していても、他校まで出向く機会は多くない。個人的な友だちがいれば学園祭などを見に行くのだろうが。

運動部の中でも、より実戦形式でスキルを磨きたい部活、サッカー部やテニス部、バレー部などは土日を利用して他校との練習試合を組んでいる。バスケ部の場合は東高や北高が定番の相手だ。今日はもう一校、川上《かわかみ》高校を加え午後から二試合が予定されていた。

校内図を頼りに北高の体育館に行ってみると、すでに最初の試合が始まっていた。手前のコートは南高対東高、奥のコートで北高対川上高。選手たちはユニフォーム姿で縦横無尽に走り回っていた。ボールの弾む音、シューズが床を踏み鳴らす音に加え、控えの選手たちやマネージャーがプレイのひとつひとつに歓声をあげる。監督である顧問の中曽根先生も、今日は立ち上がって指示を飛ばしていた。得点表を見ると二十五対十二で、早くも南高がリードを広げていた。じっさい流れるようなパスワークが随所に光り、試合の主導権を握っている。体育館に入ってすぐ、コートに目をやってほんのわずかの間に、それに気づいた。ふたつのチームは明らかに勢いがちがう。

控え選手の後ろには見学に訪れた生徒が各校ごとにかたまっていた。わざわざ練習試合にまで応援に来たギャラリーだ。バスケファンの女の子たちに交じって、新聞部や写真部といった顔ぶれもいる。愛用のカメラを手に選手の動きを目で追っていた。

研介は歩み寄り、一番はじっこにいたひとりに声をかけた。同じクラスの元木《もとき》という男だ。写真部に所属し、陸上、サッカー、水泳と、さまざまなスポーツを撮り続けている。屋内競技では珍しいのでそう言うと、新聞部の女の子に引っぱられてきたとのこと。その新聞部は研介が木曜日に言い放ったセリフ、酒々井をやめさせるかもしれないというのが校内の話題となり、取材に来ているのだそうだ。

話している間にも宮前のシュートが決まり、華やかな拍手と歓声が沸きあがった。それと同時に相手チームのボールとなり、選手たちは一斉に駆け出す。宮前と酒々井が笑顔でうなずき合っているのが目に留まった。

「なんなのあれ。今、おかしなものが見えなかった？」

才川が指を差し、元木がうなずく。

「さっきから、みんなも驚いている。ここに来たときから変わっているみたいだよ」

「変わってるって？」

「学校ではすごく仲が悪かったんだろ。おれは見てないけど噂で聞いた。男バスの一年いびりがひどすぎだって。でも今日はあんなふうに平和で仲がいい」

「うそ」

「ほんとだよ。さっきの休憩のときも笑顔でくつろいでた。試合中だってほら、プレイを見りゃわかるだろ」

目の前を走りまわっているのは三年が引退したあとの新生チームだ。夏休みからは二年が柱となって引っぱっている。スターティングメンバーも二年を中心に組まれているはず。けれどメンバーチェンジがあったのか、今コートには阿部、酒々井、岡林《おかばやし》といった二年に加えて、一年の宮前と中村《なかむら》の姿もある。ドリブルもパスも先輩たちのレベルにくらいつき、相手チームのきついマークやラフプレイに屈しない。そして呼吸の合った攻撃でゴール下の攻防も制し、得点を重ねている。

たまに一年生のミスによって相手チームにボールを取られシュートを決められてしまっても、パスが流れて繫《つな》げられなくても、二年生は「ドンマイ」「集中」とふつうに声をかける。一年生は頰を引き締めて前を向く。

「まるで、お互いに信頼を置いている、まともなチームみたいだ」

「ほーんと。一昨日《おととい》までとぜんぜん雰囲気がちがう。二年生はカッカしてないし、一年生はのびのびしてる。あっ」

宮前からのバックパスを受け取り、酒々井が鮮やかなスリーポイントシュートを放った。ゴールネットにするりと吸い込まれる。才川が驚いた声をあげたのはそのあとだ。酒々井が会心の笑みを浮かべた。無邪気に、ひどく子どもっぽく。日頃の、見る者の魂まで凍りつかせるような眼光や、むすっとした不機嫌面はどこへやら。あの男にこんな顔ができるのかと見とれてしまう。

そして酒々井は、「先輩」と呼びかけてきた宮前のもとに歩み寄り、さも親しげにぽんぽんと頭を叩いた。宮前はくったくなくガッツポーズを取る。

「やだ。らぶらぶじゃないの。なんの幻？」

「現実だよ。いてて。なんでおれをつねるんだよ」

「体育館でのあの騒ぎは何だったのよ」

「あとで詳しく聞こう。話してくれるはずだし、そうさせるよ」

「おぎっちゃん、わかってるんじゃないの？」

「だいたいの予想はしてたけど、ここまでとは。理由に関しては、肝心なところがわからない」

南高のチームワークのよさに驚き、ほとんど面食らっているのは観戦している南高ギャラリーだけではなかった。対戦相手である東高もすっかりペースを乱され、何度も立て直しを図るがかなわず、点差は開くばかりだ。最後までいいとこなしの、ぼろ負け状態だった。

このたのち行われた北高との試合も南高が序盤からリードし、ゲームは一方的に進んだ。

おかげで南高はさまざまなコンビネーション、フォーメーションを実戦中に試し、弱点も強みも再確認できた。とても有意義な練習試合になったようだ。

各校、それぞれ二試合を終え、南高と川上高が二勝、東高と北高が二敗という結果だった。

一足先に北高を出て、最寄り駅の裏手にある公園で待っていると、三十分ほどして大きなスポーツバッグを手にした男四人が駆け寄ってきた。キャプテンの阿部と酒々井、一年生の宮前と中村だ。

他のメンバーと駅で別れ、研介の呼び出しに応じてくれた。もっとも声をかけたのは阿部ひとりで、彼が他の三人を連れてきた。研介のとなりには才川がへばりついている。南高体育館を舞台にした一連の騒ぎがなんだったのか知りたくてうずうずしている。

キャプテンの阿部は四角い顔に太い眉、それに不釣り合いな小さい目、うすい唇に笑みを浮かべ「やあやあお待たせ」と、のっけから低姿勢だった。

「呼び出した理由はわかっているだろ。ちゃんと説明してもらうからな」

「わかってるって。これにはその、深いわけがあるんだよ」

「それが聞きたいの。早く言って。体育館での下級生いびりはお芝居だったのね。そうでしょう？　いったいなんのためよ」

試合後の身体を一応気づかい、それまで座っていたベンチを譲り、研介と才川は植え込みの手前にある鉄パイプに腰を下ろした。ベンチには阿部と酒々井が座り、宮前と中村はバッグだけおろし、神妙な面持ちでとなりに立った。

「ことの起こりは二週間前の東高との練習試合だ。その数日前に宮前が左手の薬指を突き指した。でもそれを誰にも言わず、試合に臨んだ。するとウォーミングアップのときに東高のやつにボールをぶつけられた。たまたま、流れたボールが当たった感じだ。誰も気に留めなかったし、ほとんど気づかなかった。でも本人にとっては痛めていた薬指にモロにくらったかたちになった」

偶然だと本人も思ったが、試合中、今度はパスを出したあとの左手を強く払われた。ボールを取ろうとした動きのようでいて、明らかにタイミングがずれていた。ボールがなくなっていたのに、相手の手が力いっぱい薬指に当たった。痛みは激しくなり、ドリブルもパスも精彩を欠き、挽回《ばんかい》できぬままコートから降ろされた。

「こいつにはポイントガードとしての経験を積ませるつもりで、その日もはっぱをかけていたんだ。本人もそのつもりでいた。けど怪我ならしょうがない。残念だけど引っ込めたよ。そのあと、宮前と中村の会話を酒々井が耳にしたんだ」

試合後、顔を洗いに行った水道の近くで、一年のふたりは立ち話をしていたそうだ。酒々井に促され、中村が口を開いた。

「あの日の朝、東高に行く手前の乗換駅で、駅ナカの本屋をのぞいてからトイレに寄ったんです。ちょっと腹の調子が悪くて、奥の個室にこもっていたら話し声がしました。左手の薬指を痛めている、新人のガード候補。今日ぜったい出してくるからつぶしてやろうって。おれ、ミヤが突き指しているのは知ってました。だけどそのときは話しているのが誰なのかわからなかったし、名前を出したわけじゃないし。いやな気持ちになっただけでした。ミヤにも言いませんでした。よけいなことを言うと試合に集中できなくなると思って」

けれど中村はウォーミングアップ中のボールも、試合中のラフプレイも見ていた。それをやった相手チームの選手がにやりと笑うところも。そこで試合終了後、宮前に駅トイレの一件を打ち明けた。通りかかった酒々井が耳にして阿部に伝えた。

「おれたちが詳しい話を聞いたのは、東高を出て駅で解散したあとだ。ちょうど今日みたいに落ち合う場所を決め、四人で集まった」

「何者かが、宮前の怪我を東高にリークしたのか」

研介が言うと、阿部は苦々しい顔でうなずく。

「それだけじゃないんだ。これまでもおれの肉離れが筒抜けだったり、フォーメーションの変更がばれていたり、おかしいと思うことが何度もあった。誰かが情報を流しているんじゃないかと疑いを持ったけど、証拠はないからな。今回初めて具体的な会話を中村が聞いたと知って、やっぱりと思った。すげえむかついた」

酒々井も口惜しそうに言う。

「ただの情報漏洩《ろうえい》でも腹が立つ。けど、痛めているところをピンポイントで教えてるってのは、もっとひでえだろ。わざと狙わせてるんだぜ。やる方もやる方だが、やるとわかっていて教えるやつはどういう神経してるんだ。しかもそいつ、南高生だぞ」

怒りだけでないだろう。傷つく気持ちもあったはずだ。同じ高校の中に、本気でバスケ部を痛めつけようとする者がいる。何食わぬ顔でそばにいて、不幸に見舞われるのをほくそ笑んで見ている。

「いったい誰なのか。疑い出すときりがない。それもまた息苦しい。そしたら宮前が……」

酒々井の目配せに応じて、宮前が顔を上げる。

「左手の突き指はほんの一瞬のことだったんです。練習が終わる少し前で、おれ自身、あっと思ったけど顔には出しませんでした。一番近くにいた中村が気づいたくらい。練習試合に出たい気持ちがあったから大げさにしたくなくて、誰にも言いませんでした。すでに片づけを始めていたバスケ部のみんなは気づかなかった。マネージャーも、一年生も、二年生も。そのあとも学校の、教室でも授業中でも自分からは言わなかったし、そぶりも見せなかった。おれ、利き腕は左だけれど、字を書いたり箸を持ったりは右なんです。その数日は体育も陸上の一時間があっただけ。ハードル競技のちょっとした練習です。ばれたとは思えません。中村も言ってないよな」

「うん。見たときはやっちまったかと心配したけど、本人が大丈夫と言うし、そのあとはふつうにしているから気にするほどではないのかと軽く考えてた」

研介は「つまり」と身を乗り出す。

「気づくことができたのは、体育館の一瞬を目撃した者だけか」

阿部が「そうなんだよ」と自分の腿《ふともも》を握り拳で叩いた。

「その一瞬を目にした何者かが、東高のやつにリークした。そいつは、絶対とは言えないけど、おそらくバスケ部の人間じゃない。体育館に居合わせた他の誰かだ」

突き指をしたとき、宮前はとっさにバスケ部のメンバーに目を走らせた。試合に出たい彼にとって、ばれたくない対象は誰よりもチームメイトだったのだ。そして中村以外には見られなかったと思い、ほっとした。けれどそのとき、もっとちがう場所から冷ややかな視線を注いでいた者がいた――らしい。

「宮前の話を聞き、ひでえやつがほんとうにいるとわかり、このまま捨てておくのもなんだと思ったわけだ。かといって犯人捜しは手間暇かかる。誰かに任せるとしても、誰になら任せられるんだよって話になる。ぐだぐだやってる間にも犯人は警戒して身を潜めるだろう。だから、油断しているうちに、何とかしてやろうと考えた。最初に浮かんだのは酒々井の怪我だ」

「ガセネタを摑ませるのか」

「怪我したことを隠そうとしていたら、リークするに決まっている。なのに、試合当日はぴんぴんしていたら犯人の信用は丸つぶれだ。一泡吹かせられる。この企《たくら》みに、酒々井も乗ってくれたんだが」

阿部は苦笑いと共に、傍《かたわ》らに立っている一年生に目を向けた。ふたりは「すいません」と首を縮める。

「こいつら、月曜からの練習でへんに緊張するんだよ。無理もないと言えばそうなんだけど、体育館の他の部活が気になってついつい挙動不審になっちまう。それを見て酒々井がやばいと思い、いつもよりきつめに叱りつけた」

「もしかして、今回の騒動の、ふたつめのターニングポイントはそこ？」

「おお、そうそう。荻、うまいこと言うな。怪我のふりをするってのはむずかしいもんだ。それこそおかしなところに力が入って、ほんとうに怪我したら元も子もない。おれだって危険は避けたいよ。もっと有効な手はないかと思っていたら、目の前にあることに気づいたんだ。酒々井が一年に厳しく当たりすぎて、チーム崩壊となればリークする価値のあるネタだ。ぜったい食いつく」

「阿部、おまえって策士《さくし》だな」

「ゲームメイキングの応用だよ。フェイクは大事な攻撃手段だ」

なるほどねと、うなずける部分はある。バスケ部も被害者だったのだ。とはいえ、恨みがましい目を向けずにはいられない。たしかに犯人には効果があったのかもしれない。じっさい東高は今日の試合でぼろ負けだった。どうやら北高にも情報が流れていたふしがある。だとすると阿部たちの計画はうまくいき、報復はかなったことになる。

でも犯人以外の人間にとっては、迷惑この上ない十日ほどだった。

「そんな顔するなよ。悪かったと思ってるってば」

「ちょっと阿部、心から言ってる？」

眉をしならせた才川に、阿部は頭を掻《か》いてみせる。

「各部のキャプテンにはちゃんと謝りに行くよ」

「それだけじゃ足りないわ。胸を痛めるくらい心配したんだから。体育館掃除一ヶ月」

「わかった。します」

ふたつ返事で請け合った阿部はやけに晴れやかな顔をしていた。

「ずいぶん素直だな」

研介が言うと、照れ笑いのようなものを浮かべた。

「今回のことで、いろんなやつからいろんなことを言われた。ほとんどのやつはうちのチームワークを心配して、本気で腹を立ててるんだよ。がみがみ説教するのもいれば、泣き出すのもいる。弱っちいのにケンカ売ってくるのもいる。へんな話だけど怒られて、ちょっとほっとした。リークした犯人が体育館の中にいるらしいってわかったとき、正直かなりこたえたんだ。誰もかれもが信じられなくなって気分悪いし、暗くなるし。どいつもこいつも陰で舌を出しているような気がする。まわり中、敵だらけ。卑怯者《ひきょうもの》だらけ。でも、じっさいはちがうんだよな。ひどいやつばかりじゃない。当たり前か。その当たり前が見えなくなっていたよ」

「バカね。そのちっこい目ん玉、ちゃんと開けなさい」

「部員には説明したのか？」

「聞いてきたやつにはざっくり打ち明けて、思うことがあるからしばらく我慢してくれと話した。そこもな、どの程度信じてくれるか、内心複雑だった。おれにとっても賭けだったよ。酒々井にはさんざんなヒール役を押しつけて、悪かったと思ってる。一年だって、いくらヤラセでも割り切れない気持ちになるかもしれない。二年との間にでかい溝が残るかもしれない。そんなことになったらほんとうのチーム崩壊だ。試合まであと何日、あと何日と、ひやひやもんだった」

「それにしては今日のプレイ、なめらかで自然だったわね」

黙って聞いていた一年生ふたりが何度も首を縦に振った。

「先輩たち、すごく気を遣ってこまめにメールをくれたんです。夜間の公園で練習に付き合ってくれた先輩もいました。酒々井先輩もほんとうはめちゃくちゃ優しくて」

「えー、やめて。ドSのイメージ狂うでしょ」

才川の悲鳴じみた声に、酒々井が反論する。

「おれだっていやだったんだよ。怒鳴るのも突き飛ばすのも足蹴《あしげ》にするのも、やる方だって疲れるんだ。つくづく面倒くせえ。荻が体育館に来た木曜日、もう少しで泣きつきそうだった」

恨みがましい拗《す》ねたような顔をされ、その子どもっぽさに研介は苦笑いを返した。昨年、一年生で迎えた体育祭のさなか、ガンを飛ばした飛ばしてないで三年生と口論になった酒々井を、手が出る一歩前で研介が止めた。実行委員としての、まさしく捨て身の行動だったが、以来少しは信用されているらしい。

その酒々井にしても、一年生が自分をどう思っているのか、本音の部分で不安だったのだ。一方的な間柄はもろく、深い亀裂を生みやすい。壊れたら壊れたときのことだと、仏頂面でそっぽを向きがちのこの男でも、チームメイトである一年にはそう思えなかったらしい。だから珍しくフォローを入れた。ドSぶりを発揮するのも苦痛になった。

そして今日、息の合ったプレイができて、嬉《うれ》しかったにちがいない。憑《つ》きものが落ちたような、さっぱりとした顔をしている。

「さっき才ぴーが言ったように、ペナルティは罰掃除くらいにしておくよ」

研介が言うと、阿部がすかさず白い歯をのぞかせた。

「おお、サンキュー」

「犯人捜しはどうするんだ？」

今度はすぐに答えず、チームメイトの顔を見まわした。彼らは互いの気持ちをたしかめるように視線を合わせてうなずく。

「もういい。気が済んだ。善人ばかりじゃないのが世の中だしな」

「言うじゃないか」

研介は口笛を吹くような気分で笑いかけたが、才川は茶々を入れた。

「やだわ。オッサンくさい。そういうのは、男バレのキャプテンだけでたくさんよ。あなたたちはSでいきなさい、Sで」

「うん。スペシャルセクシーだな。任せなさい。バドはこれからも色もの担当で」

「あら。それ、けなしてるの、褒めてるの、どっち？」

流し目をされ、阿部も酒々井も一年コンビも笑った。日が暮れ、いつの間にか風が冷たくなっていた。腰を下ろしていた二年生が立ち上がり、駅へと歩き始める。

今ごろ、男バスの情報をリークした者の耳に、試合結果が届いているだろうか。明日《あす》の月曜、そいつはどんな顔で体育館の床を踏むのだろう。悪意や嫉妬がきれいに消え失《う》せる世界はどこにもなく、学校もグラウンドも体育館も例外にはならないけれど、疑心に搦《から》め捕《と》られて沈むことなく、前に進むパワーをひとりひとりが持つしかない。

重たいスポーツバッグを肩にかけ、改札口への階段を軽快に上がっていく四つの後ろ姿を眺めているうちに、研介の足取りも軽くなる。気持ちが上を向く。こんな瞬間が味わえるなら、裏方の雑用係も悪いものじゃない。

ひどいよ。いい迷惑だ。なんとかしてくれ。

卓球部の宮間《みやま》という男が昼休みに生徒会サブルームにやってきて、研介に訴えた。男バスの一年生いびりが無事解決した翌週、できあがったばかりのプリントがあり、宛名《あてな》書きに勤《いそ》しんでいるときだった。仕方なく手を止める。

「もっとわかりやすく、最初から言ってくれよ」

「一昨日さ、おれのバッグの中に白いこれっくらいのビニール袋が入っていたんだ。上をきゅっと緑色のリボンで結んであって」

Ａ４サイズらしい。

「なんだろうと思って開けたら、タオルと手紙が入ってた。一年の女の子からだった」

内心、「え?」と驚く。もしかして、思いがけない贈り物ってやつ?

でも宮間はその手の浮いた噂、華やかなサプライズとは、ほとんど無縁の学校生活を送るタイプの男だ。悪いやつじゃないけど、女の子の歓心を買える容姿も話術も持っていない。人のことは言えないけれど。

驚きはすぐさま疑問となって、研介の眉根が寄る。

「でもって翌日、昨日だよ、礼を言いに行ったんだ。礼儀を知る男だからな、おれは。そしたらその子、びっくりして泣きそうな顔になって。こっちの方がびっくりだよ。なんだろうと思っていたら放課後、女バレの内海《うつみ》や金原《かねはら》がおっかねえ顔でやってきた。一年の女の子はバッグをまちがえたんだって。一年の男バス、宮前って男に渡したかったらしい。知るかよ、そんなの。おれ、なんにも悪くないじゃんか。だろ?」

答えに窮していると、廊下に複数の足音がした。今話に出たばかりの内海や金原、さらに村上、小菅らがなだれ込んでくる。威勢のいい女子バレー部の主力メンバーだ。

「宮間、何を言いつけに来てるのよ。さっさとプレゼント返しなさい」

「お誕生日プレゼントなのよ。自分宛じゃないことくらい、わかるでしょ。いやらしい」

「それ! おまえらおれを変態呼ばわりしやがって。聞いただろ、荻。こいつらひでえよ。プレゼントかなんだか知らねえが、おれのバッグに入ってたんだ」

「男バスの荷物置き場に置くからよ。まぎらわしい」

「手紙もあったはずよ。あんた宛じゃなかったでしょ」

そこで初めて宮間は口ごもり、もじもじしながら言った。

「ミヤくんへって、書いてあったんだ」

研介は立ち上がり、息をのんでいる女子たちに向かって両手を広げた。一瞬黙り込んだ彼女たちが次に何を叫ぼうとしているのか、いやというほどよくわかる。だから、それはやめてやれ、飲み込めと、押さえつけるポーズを取った。

落ちつこう。みんな、とにかく落ちつこう。

「災難だったな、宮間。でもちがうってわかったんだから、返してやれよ。その子だって、すげえ恥ずかしい思いをしているだろうし、可哀想《かわいそう》じゃないか」

「うん……」

「ほんとはすぐ、返してやるつもりだったんだよな」

「うん」

うなずく宮間の肩を叩き、研介は机の上のプリントにちらりと視線を落とした。来月の体育館の割り当て表だ。

バスケ部、バレー部、卓球部、バドミントン部。鞄も用具もやる気も笑い声も怒鳴り声も拍手も、煌々と光るライトの下でとなり合っている。

都忘れの理由

お手伝いの紀和子《きわこ》さんが辞めてしまった。

冷蔵庫から取り出した総菜のいくつかと、冷凍庫に見つけたご飯の白い塊《かたまり》を、電子レンジにかけて温める。キャベツの浅漬けなども欲しかったが、探すのが面倒なので箸を摑《つか》んで椅子に腰かける。私はひとりわびしく夕飯を済ませた。

ひとりはいつものことだが、わびしいのは今日一日の総合的な印象から来ている。空《から》になった食器をぼんやり眺め、いつもだったらゆっくり飲むはずの熱いほうじ茶も忘れ、深いため息をついた。

つい一昨日《おととい》のことだ。

「突然のことですが、おいとまをいただきたく思います。長いことほんとうにお世話になりました。先生はもちろん、亡くなった奥さまにもそれはそれはお世話になりました。感謝してもし切れません。ありがとうございました。わたしなりに悩みもしましたが……やはりと思い、決断いたしました。先生、どうぞお体をおいといくださいませ」

ほんとうに突然の出来事だった。私はそのとき居間のソファーで大きく夕刊を開き、今月の文芸時評などを読んでいた。紀和子さんがエプロンを外して歩み寄ってきたので、「おや、今日は早く帰るのかな」と思った。たまにそういう日があるのだ。知り合いから犬の散歩を頼まれたとか、火災報知器の点検があるとか。

けれどかけられた言葉は、予想だにしないものだった。驚きのあまり、「え?」と短い声を発したきり動けなくなる。おいとまってなんだっけ。お世話になりましたってなんだっけ。思考がすっかり停止し、老眼鏡越しにまじまじと見返すことしかできない。

「お節介かもしれませんが、先生、これを」

差し出された紙切れを受け取る。と言っても、夕刊のはじと一緒に親指で押さえただけだ。そこに何が書いてあるのか。視線を落とし、文字に焦点を当てている間に、紀和子さんは踵《きびす》を返した。

「ちょ、ちょっと、待ちなさい。その、どういうこと?」

「申し訳ありません」

「いきなりなんだい」

まとわりつく新聞紙を振り払うようにして立ち上がり、紀和子さんを引き留めるべく、私は彼女の向かった台所に急ごうとしたが、ローテーブルの角に脛《すね》をぶつけた。あまりの痛みに固まる。片手を当てて衝撃をやり過ごし、ふらつく足取りで居間を横切り台所をのぞけば、紀和子さんの姿はもうなかった。遠くかすかに、玄関ドアに鍵をかける音がした。内側からではなく外側から。

食卓の上にはひとり分の夕食が用意されていた。ブリの照焼と小松菜のおひたしとひじきの煮付け、温泉卵。ご飯はジャーに炊けていて、味噌汁《みそしる》はガス台に置かれた鍋の中で、やわらかな湯気を立てている。今すぐ食べるなら、よそえばいいだけのことだ。

何かの冗談かと思った。もしくは聞き間違い。彼女には今日、よんどころない用事がにわかにでき、多少大げさなことを言って、駆けつけねばならなかった。きっとそうだろう。自分に言い聞かせ、立ったついでにジャーの蓋をあけた。炊きたての白米がつやつやと輝き、幸いにして食欲をそそった。味噌汁の具は好物のアサリだ。相好《そうごう》を崩す。不安を横に押しやり微笑《ほほえ》んでみせる。美味《おい》しかったと感想を言わねば、と思う。明日《あす》はきっと。そういう配慮がこのところ欠けていたのかもしれない。

あなたはほんとうに朴念仁《ぼくねんじん》だから。

妻の言葉が蘇《よみがえ》った。メソポタミア文明やアレキサンダー大王に詳しい学者さんであっても、世事に疎《うと》いのは昔っからよ。まわりの人の気持ちがわからず、不用意なことを言って怒らせたり、黙っている間に誤解されて貧乏くじを引いたり。気をつけてね。困るのはあなたなのよ。

何かと減らず口を叩いていた妻を五年前に急な心臓発作で亡くし、たしかにいろいろ不自由にはなった。紀和子さんは妻が元気だった頃からの、通いのお手伝いさんだ。元気といっても達者なのは口だけで、妻はふたりの子どもが独立してから何かと臥《ふ》せることが続いた。家政婦さんを雇う話が出て、知り合いから紹介されたのが紀和子さんだ。

紀和子さんの方でも登録していた家政婦紹介所が廃業してしまい、困っていたらしい。今から、かれこれ十五年前になる。あの頃は私が六十九歳。横浜市内にある某大学で歴史学の研究室を持っていた。四つ年下の妻は六十五歳。紀和子さんは五十一、二歳か。夫に先立たれ、子どももおらず、藤沢《ふじさわ》駅近くのアパートでひとり暮らしをしているということだった。我が家は小田急《おだきゅう》沿線の古い住宅街にあり、通うにも便がいい。

働き者で実直な人柄が妻の気に入り、最初は週に三日ほど来てもらうことになったが、私にも異存はなかった。料理の腕がたしかなのも好ましい。主に素朴な家庭料理だったが、労を惜しまず刻んだり擦ったり和《あ》えたりと、豊富なメニューが食卓に登場する。掃除にも抜かりはなく、庭仕事も手際がいい。紀和子さんのおかげで我が家は隅々までととのい、庭も見違えるほど明るくなった。

子どもたちとも話し合い、紀和子さんには週四日、通ってもらうことにした。時間は十時から十八時まで。間に一時間の休憩が入る。掃除洗濯と日々の買い物、昼食夕食の用意が主な仕事だ。相場を見聞きして、過不足のない金額を提示するとふたつ返事で引き受けてくれた。それだけでは生活費に足りないかもしれないが、紀和子さんは様子を見ながら他の仕事も入れると言った。じっさい新たな派遣所に登録し、単発の仕事をこなしていたようだ。

やがて妻の体調がじわじわと悪化するにつれ、八年前から一日増やして週五日となり、紀和子さんはうち一本に絞るようになった。それは今まで続いてきた。これからもだと、あたりまえのように思っていた。

突然の「おいとま宣言」の翌日、つまり昨日《きのう》、彼女は来なかった。電話番号はわかっている。かけようとも思ったが、いつひょっこり現れるとも限らず、ずるずる待ち続けて一日が過ぎた。そして今日も、同じくずるずると待ち続け、日が暮れた。

冷蔵庫には彼女の作り置いた総菜が入っていた。丸二日でほとんどたいらげてしまい、明日から何を食べればいいのだろう。風呂にも入りたいが、それにはまず風呂桶《おけ》を洗わねばなるまい。いや、洗うことはできる。洗剤が見つかれば。食事に使った茶碗《ちゃわん》や皿はすでに洗ったのだ。今日の分はまだだが、昼飯（冷凍庫にあった山菜ご飯）の皿は洗って水切り籠に伏せてある。やればできる。しかし。彼女が去り際に手渡した紙切れには、家政婦紹介所の名前と電話番号が書かれてあった。

そうだ。総菜や風呂はどうでも良い。良くはないが、もっと重大な検討事項がある。

まさかと思うが、ほんとうに辞める気なのか。無断欠勤など一度もしたことがないので、昨日と今日、現れなかったことは事態の深刻さを物語る。でも何故《なぜ》？　辞める理由は？わからない。皆目《かいもく》見当が付かない。ひらめかない。

考えられるのは……もしかして病気とか？　私の脳裏に体の弱かった妻がよぎった。春先になれば気温の変動に体調を崩し、梅雨《つゆ》の湿気にぐったりし、猛暑の冷房に顔をしかめ、秋の長雨に寝つき、冬の寒さに音《ね》を上げた。年々痩せ細り、亡くなる頃には骨と皮ばかりになっていた。

でも紀和子さんはやや太めの、がっちりした体つきだ。ふだんは二十分かけて自転車でやってくる。小雨でも合羽《かっぱ》を着てやってくる。電車を使うように言っても、ちょうどいい運動ですの一点張り。もちろん一昨日も自転車だった。健康診断も毎年受けていて、ほんのひと月前、どこも異常なしですと快活に笑っていた。イメージとして丸く出っ張ったお腹《なか》をポンと叩《たた》く感じ。病気とは考えにくい。もしも何かあっても言ってくれるだろう。

そこだ。理由を明らかにしなかったのは、言いにくい事情があるのかもしれない。たとえばそう、他に良い働き口がみつかったとか。

思いついたとたん、私の心臓はきゅっと縮み上がった。あわてて手のひらをあてがい押さえる。妻と同じ死因ではシャレにならないではないか。椅子の背にもたれかかり、ゆっくり呼吸をととのえる。家事全般に長けて働き者で体も丈夫となれば、うち以外でも立派に勤まるだろう。もっといい条件（主に賃金面）で、声をかける人間がいても不思議はない。いわゆる引き抜きというやつ。

転職の場合、彼女自身がステップアップを望んだとも考えられる。妻が車椅子に頼るようになってから、紀和子さんは自発的に介護の勉強を始めた。たしか資格も取ったはず。それを活《い》かし、もっと手応えのある仕事に就《つ》きたいと思うのは無理からぬことかもしれない。だったらちゃんと話してくれればいいのに。聞く耳くらいは持っている、つもりだ。

こんなふうに突然ばっさり断ち切るのではなく、もう少し穏便なリタイアの仕方があって良いではないか。たとえば週五日を、まずは三日にするとか、無理なら二日にするとか。いきなりゼロは厳しすぎる。風呂場の洗剤がどこにあるのか、教えてくれても罰は当たるまい。洗濯物もたまり始めているが、洗濯機の操作、あれは誰にでもできるものなのか。三、四年前に、それまでのがいかれて買い換えてからは、ほとんど触ったこともない。取扱説明書はどこにあるのやら。ゴミの捨て方も最近少し変わったようなことを話していた。

何がどう変わったのだろう。

落ち着かない思いで、気がついたら立ち上がっていた。居間のソファーに移ろうとして、食卓の皿や茶碗に目が留まる。こびりついたご飯粒も煮物の汁もすっかり干からびている。指先がうまく動かなくて、ぎごちない手つきになってしまったが、流しに運んで水につけた。洗うのはあとにしよう。

何しろ外は真っ暗だ。時計を見ると夜の七時半。食卓に一時間以上、座っていたらしい。五月の末なので日は長いが、それでもさすがにとっぷり暮れて、電気のついてない居間は暗がりに沈んでいた。

この時間は今までもひとりだったのに、まるで初めて味わうような孤独感が忍び寄る。ともかく電気をつけ、掃き出し窓のカーテンを次々に閉めた。ひとりがなんだ。昔から単独行動はお手の物。苦にならない性分だ。ひまさえあれば本を読んでいる子どもだった。夢中になったのはエジプトやメソポタミアといった古代文明で、推理小説やSFに浮気をしながらも、洞窟の壁画や得体の知れない埋葬品への興味が薄れることはなかった。シルクロードの踏破を誓い、文明とはなんぞやと青臭いことを語ったあと、より真実に近い過去の姿を知りたいのと、数千年に及ぶ人間の足跡を自分自身で検証したいという志から歴史学を専攻した。

ソファーに腰を下ろし、しばし目をつぶり、こういうときこそ悠久の風を記憶の底から呼び覚ます。果てしなく広がるゴビ砂漠の風が蘇る。よしよし。身も心も鎮まる。ゆっくり浸ろうと思ったが、ゴウゴウと耳鳴りも聞こえてハッとした。一瞬、電話が鳴ったような気がしたのだ。

部屋の隅に置かれたＦＡＸ機能付きの白い電話器を凝視《ぎょうし》する。うんともすんとも言わない。ちがったらしい。

かかってくるとすれば、息子や娘からだ。おとといから何もないということは、紀和子さんの話を知らないのだと思う。息子たちには伝えてないのか。そこに一縷《いちる》の望みを見出《みいだ》す。

まだ間に合うのではないか。離職が決定的になる前に、回避できる方策を誰かに相談するという手があるにはある。誰かといえば、やはり子どもたちか。ひょっとしたら、子どもたちは辞める理由に心当たりがあるかもしれない。上手《じょうず》になだめ、思い留《とど》まるように説得してくれるかもしれない。が、しかし、私は首を横に振る。今までの経験上、そんなのはただの楽観論に過ぎないことをよく知っている。あのふたりは耳にしたとたん、お父さんがろくでもないことをしたにちがいないと決めつける。これはもう、たしかな高確率で。

心当たりがないのは自覚がないだけ。無自覚が一番始末におえない。とにかく穏便に。いいから謝って。誠心誠意謝って。もっと力を入れて謝って。へそを曲げられたら困るのはお父さんなんだよ。明日からどうするの。暮らしていけないでしょ。

これまで夫婦げんかのたびに、さんざん言われた言葉だ。理不尽この上ない。

私は顔をしかめ、電話から視線をそらし、「ふん」と鼻を鳴らした。クッションをたぐり寄せ、肘掛けとの間に押し込み、力をこめてもたれかかる。息子の隆也《たかや》は今年五十五歳になるふつうのサラリーマンだ。都内に小さなマンションを買い、一家四人で暮らしている。嫁さんの美奈子《みなこ》さんはいい人だが今は子育てに忙しい。

娘の千晴《ちはる》は隆也の二歳下だから五十三歳か。学生時代に知り合った男性と結婚し、しばらく川崎《かわさき》市内に住んでいたのに、相手の勤め先が経営難に陥り、郷里に戻ると言い出し、結局はついていってしまった。以来ずっと福岡の人だ。妻はずいぶんしょげていた。遠い海の向こうだと嘆いた。九州なら橋やトンネルで繋《つな》がっている。エジプトよりもアマゾンよりも近いじゃないか。そう慰めたが、恐《こわ》い顔で睨《にら》まれた。

もともと妻には姉妹がいない。友人はいても多少は気を遣うようで頻繁に会うわけでもなかった。遠慮会釈もない私との旅行もたまにあったけれど、私ひとりでは退屈だったのか、味気なかったのか。紀和子さんが付き合ってくれるようになると、プランを練るところからして鼻歌交じりだった。道中もころころとよく笑い、帰宅後は機嫌良く写真を見返した。紀和子さんにしても四季折々の花畑や名湯の宿を楽しんでいるように見えたが。ちがったのだろうか。

彼女の生まれは新潟だ。長岡市《ながおか》と聞いた。就職先で旦那さんと知り合い、結婚と同時に上京した。すっかりこちらに馴染《なじ》んでしまい、ひとりになったからといって帰れないと苦笑いを浮かべた。あちらには学生時代の友だちもいて懐かしいようだが、実家はすでに兄の代だ。自分の部屋もなく、長居しづらいと言っていた。最近では数年に一度、法事などの用事があったときだけ帰省している。

寂しくなることもありますが、わたしは人のお世話をするのが根っから好きみたいです。母方の実家が食堂を兼ねた民宿をやっていたので、夏休みは手伝いに行ってました。仕事はいくらでもあって大変なのだけど、お客さんたちに喜んでもらえると嬉《うれ》しくて、祖父母に重宝がられるのも誇らしかったんです。だから今も、わたしなりに充実した毎日なんですよね。

そんな話を妻相手にしていたのを思い出す。あれは宮城の鳴子《なるこ》温泉だったか。藤沢から東海道線《とうかいどう》で東京に出て東北新幹線に乗った。妻がまだ自分の足で歩いていた頃の、最後の遠出だった。紀和子さんの気配りはそうと感じさせないくらいに大らかで、参道の長い神社を避けたり、木陰のベンチを真っ先に見つけて手招きしたり、バスがなければタクシーを呼び寄せたり、気を利かせる一方、珍しい食べ物はなんでも食べたがり、名所旧跡に行きたがり、電車の中で眠りこけて降りるところをまちがえたり、旅館のまわりを散歩して迷子になったりと、微笑ましいエピソードにも事欠かなかった。

紀和子さんのおかげで妻の晩年は明るい笑みに彩られた。枯れるだけでなく、清《すが》しい花を咲かせた。

自分にもしものことがあっても、紀和子さんがいてくれれば少し安心よ。少しというのは、いつまでも甘えてはいけないと思うから。ねえあなた、紀和子さんのことを一番に考えてあげてね。あなたよりずっと長い人生のある人なんだから。縛ってはダメ。もう十分、良くしてもらったわ。そうでしょう?

久しぶりに妻の言葉を思い出し、今までだったらもっともらしい言葉にもっともらしくうなずくだけだったが、今宵《こよい》は軽くムッとする。ひとりで先に逝《い》ってしまったくせに、何を勝手なことを。自分は最期までそばにいてもらい、さぞかし心強かっただろう。私だって、不自由も不便もごめんこうむりたい。甘えとか縛っているとか、利いた風な口を利かないでほしい。

妻が亡くなったあとも、紀和子さんはなんら変わらず通い続けてくれた。私だってぼんやりしてたわけじゃない。洗濯物は脱ぎ散らかさず、新聞は畳んで新聞入れにしまい、夕食は用意してもらったものを適宜《てきぎ》温めきちんといただき、流しまで食器を運んで水につけた。玄関掃除くらいはするし、草むしりもする。雨が降れば洗濯物を取り込み、方々の窓を閉める。もっと他にもいろいろと、甘えずにやっていることはある。

書斎の片づけについては応じられないことが多く、しばしばため息をつかれたが、あれは致し方ないだろう。私は研究者なのだ。はみ出した本が客間を侵食し、届いた郵便物が食卓に積み上げられ、そこかしこで雪崩《なだれ》を起こしたとしても、解決はなかなかにむずかしい。

まさかそれで離職を決意したわけでもあるまい。紀和子さんの身内を思えば、にわかに郷里に戻るというのも考えにくい。ご両親は数年前に相次いで亡くなり、うちからも心ばかりのお香典を渡した。お返しにいただいた餅米で山菜おこわを炊いてくれたっけ。

妻の言葉にあった、これからの「長い人生」については（あんまり長いようには思えないが）（失敬）、もしや、ひょっとしてのひょっとして、あれだ、ほら、いい人ができた、というのはどうだろう。

新聞によれば、昨今は熟年世代の婚活も大いに盛んらしい。紀和子さんにも付き合っている男性がいたとしてもおかしく……いや、ここで、笑いを禁じ得ない。おかしい。すごくおかしい。団子や饅頭《まんじゅう》を大喜びで頬張っていた丸い顔が脳裏をよぎる。よだれを垂らしての居眠りもよぎる。

私は体を曲げたり伸ばしたりして笑ってしまった。あはは。

少しはそういう浮いた噂《うわさ》があってもいいと思うぞ、紀和子さん。

もしもあったら応援しよう。するとも。心から。あはは。

笑い声をあげていると、どこからともなく、「あなたっ」と叱責が飛んでくる気がした。反射的に口を押さえ、首を縮める。「先生っ」という声も聞こえた気がした。私は思わず腰を浮かした。

妻の声はまったくの空耳としても、紀和子さんのは現実にあってもいいだろう。一昨日はへんなことを口走ってしまいました、本気じゃなかったんですよ、忘れてくださいと、今にも台所から顔を出しそうだ。もし現れたら、私はすぐに水に流そう。トイレの水ももちろん毎回ちゃんと流す。なんならトイレ掃除を受け持ってもいい。若い頃は今で言うバックパッカーよろしく世界中を貧乏旅行でまわったものだ。紹介してもらった現地の学者の家に泊めてもらい、掃除洗濯などなんでもやった。

そういった話も、紀和子さんは楽しげに聞いてくれた。サヤエンドウの筋を取りながら。栗の皮を剝《む》きながら。たまには置きっ放しの本を手に取り、ページをくっていたこともある。「チグリス・ユーフラテス川なんて、教科書で見たきりですよ」と肩をすくめた。あれはなんの本だったのだろう。今でも流れていると言ったら、「ほんとですか」と疑わしそうな目をされた。

腰を浮かせたついでに立ち上がり、私はしばらくそのままの姿勢で気配を待つ。おばさんパーマの頭がひょっこりのぞくのを待つ。いつまで経《た》ってもしんと静まりかえったままなので、なんとなく窓辺に歩み寄る。さっき閉じたばかりのカーテンを少し開けた。

相変わらずの夜がそこにある。塀の向こうの街路灯がつき、庭木の形はほのかに見える。地面の近くは真っ暗だ。数ヶ月ほど前だろうか、思い立って草むしりに励んだところ、妻の植えた都忘れの株を引っこ抜いてしまった。たぶん紀和子さんのいない日曜日だったのだろう。月曜日にやってくるなり、庭を見て悲鳴を上げた。

奥さまとの思い出の花なのに、わたしはときどき話しかけていたのに、もうすぐ咲くところだったのにと、さんざん責められた。悪気があったわけじゃない。そんなに怒らなくてもと思ったが、目を潤ませているので頭を下げるしかない。あとから近所に株分けした話を思い出し、もらってこようかと声をかけたが、東側の花壇にも少しあるので植え替えますと言った。

その後、日当たりのいい南側に薄紫色の花を見つけたので、植え替えは成功したらしい。

胸を撫《な》で下ろしたきり忘れていたが、先週の水曜日だったか、紀和子さんは株があるとおぼしき場所に長いこと佇《たたず》んでいた。気のせいか元気がなく、肩を落としているように見えた。私にはよくわからないが、発育が思わしくないのかもしれない。ときどきやってくる野良《のら》猫に踏み荒らされたのかもしれない。

ここはひとつ、活きのいい株を調達してきてやろうか。私は思った。名誉挽回《ばんかい》のチャンスでもある。株分けしたのは同じ町内に住む顔馴染みの家だ。妻が元気な頃に分けたので、思い出の都忘れと変わらない。気持ちの上でも納得できるだろう。

善は急げという言葉を思い出し、私は翌日の木曜日、さっそく出かけることにした。貸す約束のＤＶＤがあったのでちょうどいい。それを提げて、村石武《むらいしたけし》という元同級生の家に向かった。近くに住むようになったのは偶然で、最寄《もよ》り駅のホームで声をかけられ驚いた。

「おまえは昔とぜんぜん変わらないから、すぐわかったよ」と、褒め言葉ではないニュアンスで言われた。お互いに四十代の頃だったか。武がずけずけものを言う飾り気のない人間であることを、私もすぐに思い出した。共に実家は平塚《ひらつか》にあり、中高が一緒だった。私は同窓会の類《たぐい》にあまり出ていなかったが、それは単に仕事が忙しかったり面倒くさかったりするからで、旧交を温めるのを嫌ってるわけではない。久しぶりに武に会い、互いの家を行き来するようにもなったし、誘われて同窓会にも顔を出した。

五年前、私の妻が亡くなったときは葬儀その他、ずいぶん世話になった。武の奥さんはぴんぴんしているので喜ばしい限りだが、このところ、奥さんの妹だかお姉さんだかの調子が悪いそうで、足繁《しげ》く見舞いに通っているらしい。

奥さんがいなくても、武がいれば用は足りる。花の株を少し分けてもらうだけだ。そう思いつつDVDの返却をかねて訪れてみれば、武の家の門扉《もんぴ》に神奈川県警のパトカーが横付けされていた。訝《いぶか》しんでいると、通りすがりのおばあさんが「ここ、やられちゃったのよ」とヒソヒソ声で話しかけてきた。

「やられたって?」

「しまっておいた現金とか、宝石類とか。ごっそり。恐いわねえ」

なんと。空き巣か。ぜんぜん知らなかった。驚いている間にも玄関のドアが開き、制服姿の警官が出てきた。武もサンダル履きで出てくる。「それじゃあ」と互いに会釈し、警官はパトカーに乗り込んだ。私と武は、門の外と中とで走り去る車を見送った。

「聞いたぞ。大変だったんだな」

挨拶より先に声をかける。

「早いな。もうそっちまで話が行ってるのか」

「いいや、何も知らずにここまで来て、さっきそのへんの人に教えてもらった」

武は肩をすくめてから踵を返した。私はあとを追うようにして中に入った。奥さんは不在とのことだ。お義姉《ねえ》さんの具合がいよいよ悪く、朝早くから病院に行っているらしい。

「ただでさえバタバタしているときに、参った参った」

「ほんとだな。いったい、いつやられたんだ？」

勝手知ったる何とやらで家の中にもあがり込んだ。とりあえずDVDを手渡す。見舞い品でもなく間の抜けた代物になってしまったが、武は笑顔で受け取ってくれた。

「気がついたのは一昨日のことでね。急いで警察に連絡した。未《いま》だにほんとうかよ、まさかうちんとこが、って思うけどな」

そんなものだろう。じっさいに被害に遭うまで、どんなに警戒を呼びかけられても他人《ひと》事《ごと》になりがちだ。

「誰もいないときに？」

「ああ。おれも薬をもらいに行ったり、シニア倶楽部の用事があったりで、丸々家を空けることがあったから」

「そこを狙われたか」

武は唇を嚙《か》み、首を縦に振った。私は通された居間の入り口で、ちらちらと部屋の中をうかがった。ここにも捜査の手は入ったのだろうか。犯人の目星はついているのか。そういった話は出てるのか。どんな手口で侵入したのだろう。被害総額はどれくらい？

聞きたいことはいろいろあったが、興味本位になってはいけない。武は見るからに力を落としていた。口数が少なく、ため息混じりなのがその証拠だ。ふだんだったらがっかりするより怒り心頭で、聞いてくれよとしゃべり倒すような男なのに。やられた額が大きいのかもしれない。

微妙な空気の中にいると、電話のベルが鳴った。「悪いな、出ないと」と言われ、私は早々に引き揚げることにした。とても株分けの話をする雰囲気ではなかった。

帰ってからも気になり、一応娘に電話した。空き巣被害への見舞金についての相談だが、翌日の昼間、息子から電話があった。心配してくれたのだろうが、いちいち教え諭《さと》すような口調なのでカチンとくる。「わかってるよ」「十分気をつけているさ」「毎日警戒している」「油断なんかしてない」「お父さんはそんなマヌケじゃない」などと言い返しつつ、防犯の強化については前向きに考えると約束した。

とりあえず、具体的には防犯カメラの設置が有効だろうか。電話を切ってすぐネットで検索し、仕様や料金プランなどメーカーごとにプリントアウトして居間のローテーブルに並べた。じっくり眺めて比較検討する。

そんな様子を、紀和子さんはやけに真剣な顔でのぞき込んだ。つけるんですかとつぶやく。大げさだと思ったのかもしれない。賛成しかねるような声だった。でも私としては、設置費用や手間ひまよりも、紀和子さんの身を案じる気持ちが大きかった。万が一、空き巣に入られたとき、一番恐いのは泥棒との鉢合わせだ。金目の物を出せと凄《すご》まれるのも恐ろしいし、危害を加えられたら取り返しが付かない。

我が家のまわりにも年寄りだけの世帯が増え、ちょっとやそっとの物音など聞こえないだろう。悲鳴も同じこと。誰かが駆けつけてくれるなど夢のまた夢だ。家のまわりを歩く人も減り、警察官の巡回だって、通り過ぎてしまえば手薄な状況に戻ってしまう。外部があてにならないとなれば、自力で対策を練るしかない。この家はちょろいと思われないよう、防犯意識の高さがうかがい知れるよう、ハイレベルな装置を見える場所に取りつけたい。

「夜の間は先生もおひとりになってしまうので不安ですよね」

「いやいや、夜はいいんだけれどね」

自慢じゃないが私の寝付きは良く、朝まで起きないタイプだ。空き巣もさぞかし仕事がしやすかろう。寝るまでは電気がついているので、侵入するとしたら本格的な強盗だ。

「ならば、昼間のためですか」

「まあその、物騒なご時世だから」

言いながら、本格的な強盗というのも心配になった。寝室にやってきて、寝首を掻《か》かれるというのもいただけない。やはり、警備会社の防犯システムを導入すべきか。

「そういえば先生、昨日はわたしの来る前に、村石さんのお宅にいらしたんですね」

紀和子さんは窓辺に歩み寄り、庭を眺めながら言った。

「うーんと。そうか、昨日だね。渡したいＤＶＤがあったからちょっと」

ほんとうは都忘れの株をもらうために出かけたのだ。空き巣の話に驚き、手ぶらで帰ってきた。防犯カメラの資料を見せるより、手柄顔で花の株を差し出したかったのに。

ほとぼりがさめた頃を見計らい、もう一度、武の家に行こう。密《ひそ》かに心に誓った。妻との思い出話を紀和子さんの口から聞くのは楽しい。薄紫色の、どちらかといえば地味で静かな花に、やわらかな光が降り注ぐようなひとときだ。縁側でぬるくなったほうじ茶をすすりながら、いろいろあったけど、いいことも多かったなと思えるような安らぎがそこにある。

私は紀和子さんの背中越しに庭を見て、新緑のまばゆさに目を細めた。

それが先週の金曜日のことだ。土日は休みなので顔を見なかったが、週明けの月曜日も元気がなく、翌日の火曜日に爆弾発言があった。

紀和子さんはいったいどうしたんだろう。くるくるおばさんパーマの、食いしん坊で丸顔の、笑うと目尻に皺《しわ》の寄るどんぐり眼《まなこ》の、次から次にやることを思いつく、じっとしてられない性分の、生真面目《きまじめ》で家計簿の付け方も完璧の、年上を敬いつつも言いたいことはしっかり言う、我が家にとって唯一無二のお手伝いさんは、お世話になりましたのひと言で背を向けた。引き留める言葉も待たずに出ていった。

もう二度と来ないつもりか。

せめて理由を知りたい。少なくとも先々週までは、梅雨に備えてと称し蔵書の虫干しに(待ったをかけても)励んでいたし、網戸の補修にも抜かりがなかった。近くの小川で蛍の観賞会があると、回覧板を見せてもくれた。紀和子さんの気持ちがわからない。まるでちがう人になってしまったようだ。

私はカーテンを閉じ、居間の出入り口まで歩き、電気のスイッチを切った。

夜が家の中を満たす。この世はこんなにも暗かったのだろうか。二階の寝室までの道のりは薄ら寒く、遠かった。

珍しく寝付きの悪い夜を過ごし、七時までベッドの中でぐずぐずしてから階下に降りた。

顔を洗い、昨夜は歯を磨き忘れていたことを思い出す。風呂にも入ってないし。ため息をついて台所に向かう。ポテトサラダなど用意してもらっていたら冷蔵庫を開けるにも張り合いがあるが、ないとわかっているので一瞥《いちべつ》のみで顔をそむけた。食欲はない。色の変わり始めたバナナなど食べたくない。

ふと流しの生ゴミに目が留まり、今日は捨てる日だったと気づく。回収時間が早いので、ゴミ出しだけは頼まれている。忘れないようにと紀和子さんから厳命されているのだ。

大急ぎで用意して、パジャマ代わりのスエットの上下で外に出た。いつものゴミ捨て場で近所の奥さんと顔を合わす。おはようございますと挨拶を交わす。久しぶりに誰かと口を利いた。いつもだったらそれきり別れるが、今朝は「あのう」と呼び止められた。

「ここしばらく紀和子さんをお見かけしませんが」

しばらくではなくたったの二日だ。でも、これからはしばらくになるかもしれない。私は曖昧《あいまい》に「はあ」と答えた。

「どこかお加減が悪いってことはないですか。ちょっと心配で」

「心配？」

「ええ、ほら、その、村石さんのところであんなことがあったでしょう？　紀和子さん、やっぱりいい気はしないと思って。元気ならばいいんですけどね」

「村石のところ？　空き巣の話ですか」

六十代後半とおぼしき銀髪のご婦人は、にわかに眉をひそめた。

「空き巣じゃないですよ」

「でも物盗《と》りって」

「馴染みの家政婦さんに、家の中の金品を盗られたんです」

思いがけないことを言われ、寒気が走る。顔色も変わっただろうが、目の前のご婦人は気づかないのか、見てもいないのか、ちょこちょこしゃべったのち、「お裾分けしたいものがあるから、取りに来るよう伝えてください」と言い残し、去っていった。私も家へと引き返す。短い距離だがアスファルトがぐにゃぐにゃ緩んでいるようで、歩きにくい。

家政婦さんが金品を盗った？

犯人は家政婦さん？

すぐに浮かぶ顔があった。ほっそりとした中年の女性だ。武の家に行った際、何度か見かけたことがある。あそこも今は年寄りのふたり暮らしで、何かと不自由だったようだ。我が家とはちがい、紹介所から斡旋《あっせん》された人だったが、自然と同じ人が来てくれるようになったと話していた。お茶を運んできてくれたときの笑顔や、庭掃除をする後ろ姿が脳裏をよぎる。

武がいつになく言葉少なだったのは、気を許した人の犯行だったからか。信じていたのに裏切られた。無念であり、虚《むな》しくもあったろう。思い巡らし、さらにハッとする。私もお手伝いさんを雇っている身だ。それで武はあけすけにものをしゃべれなかったのかもしれない。ああ見えて気のまわる男だ。

そう、我が家にもいる。気を許したお手伝いさんが。

私はなんとか自宅にたどり着き、ほとんどよろけるようにして門扉を摑んだ。自分がこしばらく何を言っていたのかを振り返り、そら恐ろしくなる。

息子からの電話で「十分気をつけているさ」「毎日警戒している」「油断なんかしてない」などと口走った。あのとき紀和子さんは家にいた。聞こえただろう。そして私は防犯カメラの資料を居間のテーブルに並べ、のんきに眺めまわした。紀和子さんは「つけるんですか」とつぶやいた。大げさだと言いたかったのではなく、本気なのかと問いただしたかったのでは。

カメラは外部からの侵入者ではなく、内部にいる自分を警戒しての設置だと思ったのかもしれない。

私が村石の家に行ったことを、確認するように尋ねてもいた。そこで、家政婦による犯行を聞き及んだと確信した。

ちがう。ぜんぜんちがう。知らなかった。ほんとうにまったく知らず、空き巣とばかり思っていた。そのための対策をせねばと考えた。夜ではなく昼間のため、とも言ってしまったが、紀和子さんの身を案じてのことだ。

私は玄関ドアに向かわず、低木をかき分け庭にまわった。ひょろりと痩せた緑の株を見つけ、すがるようにしゃがみこむ。

「なあ、どうしよう。誤解なんだよ。すべて誤解だ」

物言わぬ葉っぱに向かって訴える。

「私が紀和子さんを疑うなんて、あるわけないだろ。もう十五年だよ。どれだけ長い時間を過ごしてきたと思っている。人柄くらいわかっているさ。曲がったことのできる人じゃない。誰もいないところでも、お天道様が見ていると考える人だよ。なあ」

紀和子さんもこうやって、亡き人の面影に話しかけていたのかと思うと、いっそう胸が痛んだ。同じ立場である家政婦のしでかしたことは、私が思うよりずっとこたえたにちがいない。築いてきたものが崩れていくような恐れを抱いたのか。物事を悪いように悪いように考えてしまったのかもしれない。

そんなとき、まったくの取り越し苦労だと、私は笑い飛ばしてやらなくてはならなかった。

気がついたら目尻が濡《ぬ》れていた。口惜《くや》しくて。自分が情けなくて。

妻が生きていたらなんて言うだろう。紀和子さんが可哀想《かわいそう》。そうだ、その通りだ。あんなによくしてくれたのに、あなたがしっかりしてないから不安でいっぱいになり、あなたの不用意な言葉で傷つけられて、気の毒でたまらないわ。ほんとうにそうだ。

思うならさっさと謝ってきて。これには妻だけでなく息子や娘の声も重なった。

たしかに、嘆いている場合ではない。人はまちがえる生き物だ。でも、まちがいから学ぶことのできる生き物だ。たとえ自分にとって不利益な出来事に直面しても、受け止め方次第で未来は変わる。目をそむけたり、ごまかしたりしているうちに、事態はもっと抜き差しならないことになる。本意ではない道を選ぶ羽目に陥る。失敗を認められる強さ、よりよい対処のできる柔軟性が、いつの時代の何者であっても求められ、そして再構築の機会は、多くの場合まだ残されている。

私は立ち上がり、ただちに家の中に戻り、とりあえず歯を磨こうとして、思い切ってシャワーを浴びた。髪の毛も洗いさっぱりしたところで、それなりのよそ行きに着替える。紀和子さんはどこにいるだろう。自宅にいるとは限らないが、直接会って話したい。それにはまず足を運ばねば。

身なりを整え財布の中身も確認し、帽子をかぶって外に出る。駅までの道を半分ほど歩いたところで、住所がわからないと気づく。番地がはっきりしなくてはアパートが探せないだろう。どこかに書き付けがあるはずだ。一旦、戻らねば。

舌打ちするような気持ちで、来たばかりの道を引き返す。だらだら歩く若者とすれちがった。制服姿ではないので大学生だろうか。時計を見れば九時半を少しまわったところ。午前中にはアパートにたどり着けるだろうか。

そう思いながら、路地を渡るべく左右に視線を走らせると、はるか向こうからのろのろやってくる人影があった。自転車を押しながら歩いているのだ。ただでさえゆっくりなのに、何度もぴたりと止まり、動かなくなる。ずんぐりしたシルエットと髪型に覚えがあった。

「紀和子さん……？」

幻かと思った。会いたいと思う余り、幻覚が見えてしまったのだろうか。しかし、幻というには現実味がありすぎる。ゴミ収集所のネットも生け垣の枝の伸び具合も、いつもの日常だ。

私は四つ角から出て、車の気配のまったくない路地を斜めに横切った。

「先生」

呼びかける前に向こうが気づき立ちすくむ。ぎょっとした顔になる。

「いやその、ちょっとね。紀和子さんこそ、どうしたの」

「わたしは……あ、あれですよ、牛乳の、賞味期限があるでしょ。言わなくてはと。野菜室の小松菜はどうしました？　それに今日は夕方、歯医者さんの予約がありますし。前回お忘れになって、やっと取れた予約です」

うちに来てくれようとしていたのか。

「先生はどちらかにお出かけでしたか」

「えーっと、だから、紀和子さんちに行こうと思ったんだよ」

「うち？」

「まあその、謝らなくてはと。実はね、落ち着いてよく聞いてほしいんだが、私は武の家に空き巣が入ったとばかり思っていたんだ。金品をやられたとだけ聞きかじり、外からの侵入者の仕業だと思いこんだ。だから、その、防犯システムをもっときちんとしようと考えたわけで」

紀和子さんは見開いた目を何度か瞬《まばた》きし、困惑も露《あら》わに眉根を寄せた。

「家政婦さんがやったなんて思いもしなかった。ついさっき、今日の朝、ここでだよ。ゴミ捨てに来たら銀髪の奥さん、たしか……金子《かねこ》さんだったたか、金原《かねはら》さんだったか」

「金本《かねもと》さん？」

「そうそう金本さん。呼び止められ、その話になり、初めてほんとうのことを知った。紀和子さん、私はあなたによけいなことを言ってしまったんじゃないだろうか。防犯カメラは侵入者への抑止力になるかと思ったんだ。夜はさておいても、昼間はあなたがいる。鉢合わせでもしたら大変だ。あなたにもしものことがあったら、私はうちのに顔向けできない。地獄に叩き落とされる」

瞬きが速くなり、肩が上下したので笑ったのかと思ったが、ちがうらしい。洟《はな》を一回すすったあと、伏せた目から雫《しずく》が落ちた。私はあわててズボンのポケットからハンカチを取り出す。押しつけるようにして手渡した。紀和子さんが洗い、アイロンをかけてくれたハンカチだ。

「あ、それと、武の家に行ったのは、都忘れの株を分けてもらいたかったからなんだ。あそこのは、もともとうちからの株分けだろ。最近、紀和子さんが我が家の都忘れをじっと眺め、ため息をついてるように見えたから。葉っぱの具合が悪いのかと思って」

紀和子さんのどんぐり眼が、またしても驚いたように私を見返す。そしてゆっくり口を開いた。

「都忘れに、心の中で話しかけていました」

ああ、やっぱり。

「そしたら昨夜、奥さまが夢に出たんです。先生がわたしを信用してくれない、あんまりだと涙ぐんだら、信用してないのはどっちなの、と叱られました」

「うちのが？」

「ええ。今の話をうかがい、なんて言うかその、わたしの早とちりだったんですね。もっとちゃんとわたしの方からお話をすればよかった。柄にもなく、うじうじしたりして」

先生に限ってわたしを疑ったりしない、そう紀和子さんが強く思ってくれたなら、行き違いは起こらなかった。遅ればせながらやっとそれに気づく。ずばり指摘した妻は偉い。と思ったが、夢の中の話だった。偉いのは紀和子さんか。

「うちのが紀和子さんを叱るなんて、あんまり想像できないけど」

「奥さま、薄紫色のワンピースを着てらして、花のようにお綺麗《きれい》でした」

「それは言いすぎだろう。紀和子さん、美化しすぎだって」

たちまち「せんせい」と、咎《とが》めるような声を出したが、私の顎《あご》のあたりを眺めて「あら」と目を輝かせる。

「ちゃんと髭《ひげ》を剃《そ》ってますね。歯は磨きました？　お風呂は？」

「シャワーを浴びた。でも朝飯はまだだ」

「もう十時ですよ。今から用意するとブランチになってしまいますねえ」

「たまにはそういうのもしゃれてるな。待つからさ。ゆっくりでいいよ」

賞味期限切れ間近の牛乳を使い、シチューやスープが出てくるのではと予想してみる。小松菜入りの和風パスタも乙《おつ》かもしれない。

同じ食材が調理法によってがらりと姿を変える。組み合わせによっても変わる。味は気象条件や、食べる人のその日の気分によっても左右される。献立《こんだて》は無限に広がる。料理の多様性は、歴史に似ているのかもしれない。言語も文化も政治も経済も、地域によって、時代によって、実にさまざまだ。空に光る星をうたう歌は各国にあり、山に名を付け、それぞれの家を建てる。子どもの誕生を喜び、死を嘆く。埋葬の仕方ひとつとっても、地域によってがらりと姿を変えるのだ。

固定観念を排除して、できうるかぎりニュートラルに取り組む。自分の好みに固執《こしつ》せず、でも自分の感覚は常に磨く。歴史学の基本だ。

そんなことを考えながら私が一歩踏み出すと、紀和子さんも自転車をぐっと押して歩き出す。ゴミ捨て場のネットが目に入り、思い出す。

「そうだ、金井《かない》さんだか金山《かなやま》さんだか、お裾分けしたいものがあるから、来てほしいと言ってたよ」

「金本さんですよ。わかりました。なんでしょう」

生け垣の角を一緒に曲がる。これから夏に向け、植物の育つ季節だ。

今度はだいじな株を引っこ抜かないよう、紀和子さんに尋ねながら草むしりをしなくては。ニュートラルに取り組もう。

灰色のエルミー

定時に帰れるよう、朝から気合いを入れていた。優先順位をつけて自分の仕事をこなし、人から押しつけられる雑事には目を光らせ、時間がかかりそうなものは引き受けない。拝み倒されても脅されても、だめなものはだめと拒否を貫き、五時半を過ぎてからは電話が鳴っても出なかった。パソコンを閉じてデスクまわりを片づける。

おかげで六時前には席を立つことができた。

「お先に失礼します」

栄一《えいいち》はうつむき加減で鞄《かばん》の取っ手を握った。誰とも目が合わないよう気をつけながら後ずさると、ため息混じりの声がかかった。

「永島《ながしま》くん、待ちなさい。それ、いったいいつまでなの」

わざとらしく指先をこめかみに押しつけ、うんざりとした声で言われる。今年三十二歳になる栄一より、ひとまわり年が上の直属上司、肩書きで言うと課長だ。フロアにいるのは他に五人。年下も年上も、男も女もいる。この時間ではまだ帰れず、それぞれデスクワークに励んでいた。たった今の課長の声に打てば響く早さで反応し、誰もが睨《にら》むような視線を向けてきた。渋面《じゅうめん》で腰を浮かす者もいて、内心ひやりとする。

「月曜から数えてもう四日目だよ。そろそろなんだろうね、そろそろ」

「はい。えーっと、今日あたり連絡を取ってみます。はっきりいつまでとは言われてないので」

「え？　決まってないの？」

あわてて首を横に振る。

「ちゃんと確かめます。いろいろすみません」

「ほんとうだよ。君がどうしてもと言うから、こっちも大目に見てるんだ。ちゃんと帰してあげてるでしょう。でも、いつまでもというわけにはいかないよ。わかっているだろうね」

語尾に力を込められ、身を縮め頭を下げた。なんと言われようと退散あるのみ。そのままの姿勢でドアににじり寄り、逃げるように廊下に出た。

なにあれ。どうなっているの。いい加減にして。課長、もっと言ってくださいよ。あんなのもういらない！　くびくび。

物騒な声が聞こえたが、耳をふさぎ目をつぶる気持ちで、エレベーターホールへと急いだ。上から降りてきた一基に乗りこむ。

栄一の勤め先は「カメリア・スタッフ」という人材派遣会社だ。三年前、なんとか中途採用枠に引っかかった。決して待遇面は良くない。入れてやったとでもいうような尊大な態度は上司に限らず、前からいる連中すべてから感じる。業務内容は登録者への仕事の斡旋《あっせん》と、その仕事の確保。よりよい職場を求める人がいる一方、よりよい人材を欲しがる会社があり、ふたつを結びつけるのが派遣会社だ。

年齢、職歴、人柄などを考慮して適材適所をめざすも、それぞれ条件があるのですり合わせはむずかしい。中にはとんでもない登録者、非常識な職場もあって、もめ事とは無縁でいられない。

苦情を受け、出向いて謝罪したり、面談してなだめたり、トラブルのたびに奔走《ほんそう》する。これもまた業務のうちと言われればもちろんそうなのだが、いつの間にか担当外のものまで押しつけられている。責任逃れのうまい先輩、ちゃっかりしている後輩、丸投げの上司など、問題有りの人材に囲まれていた。

中途といえども正社員で雇ってもらい、石にかじりついてでも頑張《がんば》ろうと、一生懸命になりすぎたのかもしれない。やたら腰を低くして、下手《したて》に出たのも悪かったのか。気がつけば自分の受け持ちにややこしい登録者が増え、面倒くさい会社が増え、サービス残業も増えていた。

そんな折り、「ちょっと頼むよ」の「ちょっと」までも、はねのけなくてはならない事態が生じた。

会社の最寄《もよ》り駅から東海道《とうかいどう》線に乗って川崎《かわさき》駅で乗り換え、南武《なんぶ》線でふたつ目、矢向《やこう》駅で降りて歩くこと十分。赤茶色の外壁の賃貸マンションが見えてきた。駅近《えきちか》ではないし、築《ちく》浅《あさ》でもないが、ワンルームマンションのワンルーム部分が十畳という、ただそれだけが取《と》り柄《え》の物件だった。でも今はほんの少しでも、たとえばたった二畳であったとしても、広い部屋で良かったと心から思っている。

帰りがけに買った夕飯の総菜をぶら下げて、前のめりでたどり着くや、郵便ポストをのぞいて二階へと上がる。急ぎ足くらいでは気持ちが追いつかず、ついつい勢いを付けて駆け上がっていた。ポケットをまさぐり鍵を取り出す間にも、不安が胸を締めつける。

元気でいるだろうか。無事だろうか。何かあってやしないか。何かってなんだよ。よじのぼったカーテンレールの上から降りられなくなっているとか、電気コードに絡《から》まるとか、へんなものを囓《かじ》って喉を詰まらせるとか。

鍵を開けて、速くなった呼吸を抑えながら、ノブをまわしてドアを手前に引いた。ぎりぎりの隙間から暗い玄関に滑り込む。電気をつけて、後ろ手にドアを閉めた。

「エルミー」

呼びかける声が自分の声ではないみたいだ。ひどく切実で、弱気で、必死で。

にゃーん。

おお！　無事だ。生きてる。

つんのめるようにして靴を脱ぎ捨てフローリングの床に立ち、栄一はあたりを見まわした。玄関をあがってすぐが狭いキッチンスペース、左に洗面所やトイレ、風呂の水回りが集中している。声が聞こえたのは部屋の奥だ。そこの電気もつける。

「エルミー、帰ってきたよ。どこにいるの？　エルミー」

にゃーん。

ベッドとローテーブルの間から、ほっそりした肢体《したい》が現れた。栄一の脳内で、天使がラッパを吹き花吹雪《はなふぶき》が舞い散る。鞄や総菜のビニール袋をキッチンの床に置き、上着も脱いでシャツの袖をまくり上げ、腰を屈《かが》めて近づいた。

「ただいま。いい子だね。ちゃんとお留守番できたんだね」

風采《ふうさい》の上がらない、いかにもな非モテ男と陰口を叩《たた》かれているのは知っているが、さらに目尻を下げて猫なで声まで発している。情けないの頂点を極めそうだが仕方ない。相手は青みがかった濃い灰色の、とても優美な猫なのだ。

尾は長く、耳はピンと立ち、頭は小さい。瞳は明るく澄んだ緑色。セロファン越しに見たエメラルドの輝きと言えばいいのか。喉元に菱形《ひしがた》の白い模様が入っているのも麗《うるわ》しい。どんなに贔屓目《ひいきめ》があったとしても、おそろしく品の良い、たおやかで神秘的なたたずまいは誇張ではないだろう。高貴なお姫さまの仮の姿のようだ。いやいや、ぜったいお姫さまよりかわいらしい。

驚かせないよう細心の注意でもって手を伸ばすと、しなやかな足取りで歩み寄り、その頬を栄一の指先に押しつけた。温かく、やわらかい。とろけてしまいそう。

「ごめんね」

指を滑らせ喉を撫《な》でてやると、気持ち良さそうに首を伸ばす。

「ひとりにさせてほんとうにごめん。寂しかったろ。何して遊んでた？　お昼寝した？　今日はいい天気だったから、窓辺は気持ちよかったろ」

話しかけながら立ち上がり、トイレの砂を点検して、部屋の中も変わりがないか見てまわる。昨夜は帰宅途中に寄ったスーパーで段ボールを調達し、カッターで切って、ガムテープで貼り付け、猫用の「お遊びタワー」を作製した。残念ながらエルミーはほとんど無視状態だったが、今見ると遊んだ形跡がある。達成感が胸いっぱいに広がった。

「ようし、夕飯が終わったら遊んであげるから。それまでいい子で待ってろよ」

手を洗い部屋着に着替え、キッチンに立つ。その間もエルミーはちょこまか動きまわり、やがて脱ぎ散らかしたジャケットの袖口を咬《か》んで引きずり始めた。じゃれているだけで爪を立てているわけではないのでほうっておく。

エルミーに初めて会ったのは二年前のことだ。まだあどけなさの残る子猫だった。飼い主は高校時代の同級生で佐田美鈴《さだみすず》という。どうしても出かける用事があり、馴染《なじ》みの動物病院に預けるつもりでいたところ、病院内の電気設備が故障するというアクシデントに見舞われたそうで、急遽《きゅうきょ》、栄一にお呼びがかかった。

高校の二年、三年と同じクラスだったが、特別親しい間柄ではなかった。唯一の想い出は、二年生の秋、栄一がくじ引きで学園祭実行委員を引き当て、いろいろ雑用を押しつけられた際（昔からそういう人間だったのだ）、見かねて手を貸してくれたことくらい。

彼女は明るくさっぱりした性格で、仲のいい女友だちがいて勉強もできて、将来の夢を堂々と語るほどに前向きな努力家だった。第一志望は超難関だったが、彼女ならば突破できるのではと、多くの者が噂《うわさ》していた。けれど受験が間近に迫った三年生の冬、父親が事業に失敗し、進学どころではなくなった。独立して起こしたコンピューター関係の会社が、多額の負債を抱えて倒産したのだ。一家は住む家も失った。

しょうがないよ。我慢のしどころってあるじゃない。それがきっと今なんだよ。でも私、あきらめたわけじゃないから。

気丈な言葉を当時、栄一も耳にした。彼女の夢は大好きな西洋美術を学び、美術に関わる仕事に就《つ》くことだった。

高校卒業後、再会したのは二十四歳の春。同級生同士で結婚したカップルがあり、その結婚式の二次会のパーティに彼女も顔を出した。昔と変わらぬ爽やかな笑みを浮かべ、明るく、元気そうだった。

栄一はその頃、新卒で入った会社が傾き、失業の一歩手前だった。酔いに任せてぼやくと、悪友たちからはしっかりしろとさんざん発破《はっぱ》をかけられた。そして気がつくと佐田美鈴が傍《かたわ》らにいて、栄一は彼女の話を聞いていた。美術に携わる仕事をあきらめたわけではなく、通信制の大学で勉強しながら、ミニコミ誌を作る会社で記事を書いているとのことだった。

栄一がつたない言葉で励ますと、彼女は照れ笑いと共に、「永島くんも頑張ってよ」と背中を叩いた。メールアドレスを交換し、それからメールをやりとりするようになったが、友だちの枠からは一ミリたりとも出ていない。一度だけ、付き合っている人がいるのかと尋ねたら、それどころじゃないと一蹴《いっしゅう》され何も言えなくなった。

そして二年前、いきなり子猫を押しつけられた。あのときは二泊三日のいわばショートステイだった。猫も犬も小鳥もうさぎも飼ったことのない栄一には、生きて動くふにゃふにゃしたものはどう扱っていいかわからず、ろくすっぽ眠ることもできない三日間だった。

そのくせ、かわいかったのもほんとうだ。子猫は思いの外おとなしく、怯《おび》えながらも少しずつ栄一に慣れ、しまいには膝の上で無防備な寝顔をさらすに至った。仕事から帰ったとき、家の中で誰かが待っているというシチュエーションもたまらない。

なので今回も、「お願い」を突然切り出され、あれこれ渋って格好をつけてみたものの、とうてい断れない。それればかりかキャリーケースを受け取っての帰り道、鼻歌混じりにスキップしそうだった。中の猫を思い、あわてて踏みとどまったけれど。

猫は二年前の三日間など覚えていないだろう。それはわかっていても自分との相性は悪くないことを信じ、じっさいエルミーは栄一の住まいにほどなく慣れた。

「お利口なんだよな。ちゃんとお留守番ができて、トイレも失敗しない。あとは真夜中に起き出して遊びの催促をしなければ……」

明け方のエサの催促もなかなか厳しい。このときばかりはにゃーにゃー鳴き続け、栄一の安眠を妨害する。加えて言えば、遊びそのものもかなりハードだ。見かけによらずタフですばしっこく、狭い部屋を縦横無尽に駆けまわり、ベッドからテーブル、テレビ台、本棚と飛び移り、棒の先にくくりつけたマスコット人形で遊んでやると信じられない跳躍《ちょうやく》を見せる。深窓の令嬢風なのに、実は根っからの体育会系といったところか。

「佐田もこんなふうに、毎日遊ばせていたのかな」

つぶやいて栄一は自分の携帯電話を手に取った。課長に言われるまでもなくときどきメールをしていたが、返事があったのは月曜日だけだ。火曜日から音沙汰がなく、昨日は電話をかけたが通じなかった。今日もだ。「おかけになった電話は、現在電波の届かない状態か、電源を切っている」そうだ。

いったい彼女はどこにいるのか。会ったときは、大きなスクープを追っていて今が大詰めだと言っていた。最後の仕上げとでも言うべき取材に臨むので、家を空《あ》けることが多くなる、猫を預かってほしいと頼まれた。まさか、海外だったりして。どんなスクープなのかは尋ねなかった。聞けば教えてくれただろうか。ふと悔いが胸をかすめる。

手を伸ばし、栄一はラックの間から薄い冊子を引き抜いた。ミニコミ誌の特集記事で、美術館を紹介する記事を書かせてもらったと、あるとき嬉《うれ》しそうに差し出した。佐田美鈴と名前も入っている。日付を見るともう六年も前だ。その後、フリーのライターとして活躍の場を広げ、今ではスクープを追いかける一人前のジャーナリストになった——らしい。

子猫との出会いも仕事がきっかけと聞く。捨てられたペットの哀れな惨状を取材していく中、飼い主を求める灰色の猫と出会い、どうしても我慢できずに引き取ったそうだ。

「無茶してなければいいけど」

ボール状に丸めた包装紙を投げてやると、エルミーはしなやかに身をひるがえして突進した。前足でつかまえ、転がしたり飛びついたりして遊んでいるかと思いきや、急に耳を立て、虚空を見つめる。栄一には何も聞こえないが、物音でもしたのだろうか。人間には見えないものが見えたりするのだろうか。

「佐田の声が聞こえた？　面白いけど、それじゃＳＦか」

凛々《りり》しい横顔を眺めているうちに、このところの寝不足がきいたのか、栄一は強い睡魔に襲われた。


そのメールに気づいたのは、金曜日の午後だった。担当している登録者との面談を社外で済ませ、ＪＲの駅に向かっている途中だった。高校時代のクラスメイトのひとり、美鈴と仲のいい女の子からだ。

〈永島くん、こんにちは。美鈴のこと聞いた？　事故にあって大怪我《おおけが》したらしい。ときど

き永島くんとは会ってるようなことを言ってたから、何か知ってるかと思って。心配でたまんないわ〉

電話番号を登録してあったのですぐかけると、相手も間を置かず出てくれた。彼女は結婚して一児の母になったそうだ。携帯の向こうから赤ちゃんの泣き声が聞こえた。

「メール見たよ。今、少しだけいい？」

「うん、大丈夫」

「佐田のこと、ぜんぜん知らなかった。事故って、ほんとう？」

「交通事故だって。美鈴が運転している車がハンドルを切り損ねて、路肩から落ちたみたい」

「いつ？　怪我の具合は？」

「事故があったのは火曜日よ。意識不明の重体から持ち直したって聞いたけど、まだまだ危ない状況らしい。警察からお母さんに連絡があって、お母さんからユカちゃんとこに電話があったの。離れて暮らしているから、いったい何がどうなっているのか、さっぱりわからなかったんだと思う」

ユカちゃんというのは、美鈴と一番親しかった友だちだ。

「それで今、佐田はどこの病院に？」

「永島くん、行くの？　うん、行ってあげて。私は出られないの。子どもが一昨日《おととい》から熱を出してて」

おろおろした声を聞きながら、栄一は携帯を摑《つか》む指の感覚をなくしていた。改札口近くの、あわただしく人が行き交う雑踏の片隅で立ち尽くす。

嘘《うそ》だろうと、思いたい。何かのまちがいだ。でなければ、怪我を負っていても大したことないと自分に言い聞かせる。しっかりしろ。しなきゃいけない。こんなときこそしっかり。美鈴に叩かれた背中の痛みを思い出す。

赤ちゃんの泣き声が再び大きくなり、病院名を聞き出すのがやっとだった。通話を切り、その場で会社に連絡を入れた。帰社後はデスクワークだったので、穴埋めならあとからできる。手短に状況を説明し早退を申し出ると、電話口に出た同じ課の先輩は「え？」「何？」「どうして」をくり返すばかりだ。課長への取り次ぎを頼んで切った。

そこから電車を乗り継ぐこと一時間半、最寄り駅からはタクシーに乗った。美鈴の入院先は神奈川県内にある総合病院だった。救急患者として夜中に搬送されたらしい。たどり着くまでの間に「ユカちゃん」こと西村有香《にしむらゆか》と連絡がつき、メールや電話でやりとりして、事故の様子がいくらかわかった。

美鈴は火曜日の夜、レンタカーを運転して県内の某所に出向いた。どうやら取材目的だったようだ。その帰り道にバイクと接触事故を起こし、道路脇の雑木林に転落。車は大木に激突し、美鈴は全身を強打した。意識不明の重体に陥るも、持ち直して小康状態にあるという。

聞いているだけで息苦しくなる内容だが、もうひとつ、眉をひそめたくなる情報を耳にした。

「事故の相手がバイクであることはタイヤ痕からわかったそうなの。でもそのバイク、警察に通報もせず現場から走り去り、翌日の昼間に二十キロも離れた廃屋のそばで見つかったんだって。盗難車だったらしい」

「どういうこと？」

「まだはっきりしないけど、美鈴の運転ミスとは限らないってことよ」

盗んだバイクで無茶な運転をした者がいて、それをよけそこなったのかもしれない。だとしたら美鈴は被害者だ。

暗い夜道でハンドルを握っていた彼女に、とんでもない悲運が降りかかったということか。

病院に着くと、栄一はただちに外科病棟へ向かった。まずはナースステーションに声をかけるよう、西村有香から言われていた。パジャマ姿の入院患者や白衣の看護師とすれちがい、表示板や話し声をたよりにきょろきょろしていると、談話コーナーと書かれた場所で女性ふたりが立ち話をしていた。「美鈴」と聞こえた気がして近づく。

どうやらひとりは美鈴の母親らしい。顔立ちがなんとなく似ている。表情に深刻な影が落ちていないのを見て、少しほっとした。もうひとりは美鈴より年上だろうか。仕事柄、女性と接する機会は多いので、外見からおおよその雰囲気を感じ取る。メイクや髪型にきちんと手をかけた、仕事のできそうな人だ。表情にメリハリがあり、うなずき方が自然でうまい。聞き上手であり、話し上手でもあるだろう。人脈の豊富なタイプだ。使われる側ではなく、使う側なのかもしれない。

その人が紙袋と鍵を差し出し、母親らしい人に、ありがとうございます、助かりましたと礼を言っていた。

「著作権に関する契約書なんですよ。期日があるので、どうしても早く処理しなくてはならなくて。無理を言ってすみませんでした」

「いいえ、見つかったならよかったです」

「書類はあったんですけど、猫ちゃんはいませんねえ。どうしたのかしら」

猫？

思わず声をあげそうになった。その気配が伝わったのか、ふたりがこちらを向いた。母親と思われる女性が「あら」という顔をする。あわてて歩み寄って自己紹介した。

「やっぱりあなたが永島くんなのね」

親しみをこめた言い方をされ、つい、浮き足立つ。

「すぐにわかったわ。ほんと、ユカちゃんの言うとおり」

美鈴ではなく、西村有香か。手回し良く連絡したのだろう。どういう特徴を伝えたのか、知りたくもない。

不審者扱いされなかったのは助かったと言うべきで、母親はすぐに病室へと案内してくれた。消毒液の匂いがしみついた廊下を進み、ナースステーション近くの扉を開けると、美鈴はたくさんのチューブに繋《つな》がれ、白い部屋にただひとり、横たわっていた。

全身強打によるダメージが大きいらしく、怪我そのものは上腕の骨折と肋骨《ろっこつ》のひびが数ヶ所。水曜日に意識が戻ったが、その後高熱を発し、薬のせいもあって眠り続けているという。警察がたびたびやってきては事故の状況を聞きたがるが、とても話せる状態ではなく、ついさっきもあきらめて帰ったそうだ。

母親の語る説明にうなずきながら、栄一が美鈴にかけられる言葉はほんのひと言、ふた言だ。

「がんばれよ。怪我なんかに、負けるなよ」

鼻にも口にもチューブを入れた姿はいたいたしく、見慣れたいつもの美鈴を思い出すと目の奥が熱くなる。投薬でも手術でもなんでもいい。ありとあらゆる手を尽くして助けてほしい。助かってほしい。祈ることしかできない自分が歯痒《はがゆ》い。

いつまでもベッドの柵を握りしめ、やつれた顔を眺めていると、母親が控え目な仕草で足元の布団を直した。ふと我に返る。

「今日は、お仕事だったんじゃないですか。わざわざありがとうございます。この子と仲良くしてくださっていたんですね」

「いえ、その、ただの友だちなんです。ときどきメールをやりとりするくらいで」

「私にも電話やメールはあったんですけれど、様子を聞くと大丈夫と言うばかりで。元気でやっているとばかり思っていました。今年になって初めて会うのが病院だなんて」

実家と疎遠《そえん》というのは美鈴からなんとなく聞いていた。事業に失敗した父親と共に、一家は母親の郷里である山梨県に移り住み、そののち美鈴だけが東京に出てきた。仲違《なかたが》いしたわけではないようだが、直前で大学進学をあきらめた美鈴には、素直になれない部分があるようだ。

「きっと回復しますよ。大丈夫」

励ますように言ったのはもうひとりの女性だ。栄一と目が合うと、会釈をしながら名刺を差し出した。「編集プロダクション　YMオフィス」、「代表　横山満貴子《よこやままきこ》」とある。

「ほんの数人でまわしている小さな事務所です。美鈴さんは専属というわけではないんですけれど、うちの仕事をいろいろ手伝ってもらってました」

受け取って、栄一も自分の名刺を渡した。

横から美鈴の母親が「そうだ」と声をあげる。

「この子が猫を飼っていたのは知ってるかしら。行方不明なんですよ。横山さんが心配してくださって」

「猫？」

「水曜日の昼間に、うちの人――美鈴の父親がマンションに寄ったんですけれど、そのときもいなかったんです。でもたしかに飼っていたと、横山さんが。ねえ？」

「はい。とてもかわいがってました。逃げたとは聞いてません。永島さん、ご存じじゃないですか。私、かかりつけの獣医さんを知っていたので電話してみたんですよ。そしたら、これまでちょくちょく預かっていたけれど、今は頼まれていないって。だったら、どこに行ってしまったのかしら」

うちにいますと、喉まで出かかった。元気にしていますと。

すんでのところで飲み込む。

日曜日に川崎駅前の広場で待ち合わせ、キャリーケースを受け取ったさいの、彼女の言葉を思い出したからだ。

猫を預かったことは、誰にも言わないで。

茶目っ気たっぷりに笑っていた。「内緒よ」と人差し指を立て、どうしてと問う栄一に、次に会ったとき話すと煙《けむ》に巻いた。

今まで大して気にも留めていなかった。会社の人には友だちから猫を預かったと、ふつうに話していた。でも、白い壁に囲まれた殺風景な病室で尋ねられ、栄一はエルミーのことを言いよどみ、初めて彼女のあれはなんだったのだろうと思った。

なぜ、誰にも言うなと口にしたのか。

「永島さん、心当たりはありません？」

「さあ。急に言われても」

「猫を飼っていたのは知ってます？」

畳みかけられ返事に窮していると、美鈴の母親が手提げ袋の中から何かを取り出した。

「うちの人が部屋から持ってきたんです。警察に、最近の写真が欲しいと言われて。飼っていたのはこの猫よね」

差し出されたのはオーク材で作られた写真立てだった。その中で美鈴がにっこり微笑《ほほえ》んでいる。両腕に抱えているのは猫。でもそれはまっ白な猫だった。どう見てもエルミーではない。

なぜ？

「他に写真はなかったですか。他の猫が写っている写真」

「いいえ。これだけがテーブルの上にあって、他に写真の類《たぐい》はなかったそうです。だから選びようもなく、迷うこともなく、これを持ってきたんです。どうかしました？　他にも猫がいるんですか？」

答えられずに栄一は目をそらした。ノックの音がして、看護師が病室に入ってきた。点滴のチェックと体温測定だそうだ。遠慮して廊下に出る。そしてすっかり不安げな顔になった母親をなだめ、また来ると言って頭を下げた。美鈴の仕事相手である横山にも、気がついたことがあったら連絡すると言ってその場を辞した。

美鈴のそばにはいたいが、今は離れた方が近くに行ける気がする。

エレベーターで一階まで降り、総合受付の前を横切り、正面玄関に向かっていると後ろから名前を呼ばれた。横山が駆け寄ってくる。

「ごめんなさい。もうちょっとだけいいかしら」

栄一の腕を摑むようにして、廊下のはじに寄る。

「永島さんは美鈴ちゃんの猫を知ってるのね」

美鈴ちゃん、か。いつもの呼び方なのだろう。栄一はうなずいた。

「知っていれば写真を見て驚くわよね。あの子の飼っているのはロシアンブルーだもの」

「ロシアンブルー？」

「ええ。青みがかった灰色の猫。正しくは、ロシアンブルーの交じったミックス、雑種の猫ね。引き取り手がいないのを見かねて、飼うようになったと聞いたわ」

「おれもそれは聞きました。ただ、種類とかはぜんぜん知らなくて。ロシアンブルーっていうんですか」

「純血種じゃないわ。どこか、灰色でないところがあるんでしょうね。だから捨てられたのよ」

思い出すまでもない。エルミーの喉には白い菱形の模様がついている。あれがあるから、さらにかわいいのに。

「永島さん、もしかして猫がどこにいるか、知ってるんじゃない？」

「いえ、そういうわけでは」

「お願い、教えて。できれば私が預かりたいの。美鈴ちゃんが大事にしてたのをよく知ってるから。今回の事故については私も責任を感じている。だから何かしたいのよ」

「どういうことです？」

聞き返すと、横山は顔を曇らせ言いにくそうに口を開く。

「私が紹介した先の仕事なのよ。その取材に出かけ、あの事故に遭った。無理をさせてしまったのかもしれない。もう少し彼女にあった仕事をまわせば良かった」

肩を落としてうなだれる横山に、かける言葉はなかなか見つからなかった。紹介した先の仕事というのが、美鈴の話した大きなスクープだったのか。

接触事故の相手であるバイクの運転手は不明のままだ。


送っていくという横山の申し出を遠慮し、栄一は病院からタクシーで駅に戻り帰路についた。最寄り駅からはいつもの道を、いつも以上の早足で歩いた。玄関を開けてエルミーの声を聞いたとたん全身の力が抜け、へたり込みそうになった。

「おまえのご主人が大変なんだよ。大怪我して病院にいる。きっと治るよな。大丈夫だよな。そう言ってくれよ」

ベッド脇のスペースに正座して切々と訴えるも、エルミーは耳の後ろをかりかり搔《か》いたのち、大口を開けてあくびした。暢気《のんき》だな、とは思わない。洟《はな》をする栄一にどこ吹く風のエルミーが、とても彼女らしくて慰められる。

そして気を取り直して栄一は美鈴から預かった荷物を点検した。まさかとは思うが、ひょっとしてということもありえる。美鈴はエルミー以外にも、自分に何か預けたのではないか。大詰めだったスクープ記事と突然の事故が、もしも無関係ではなかったら、猫についてロ止めしたことに繫がるかもしれない。

けれど預かったのは、首輪の類をつけていないエルミーと、隅から隅まで調べても何も出てこないキャリーケースと、缶詰やトイレ用の砂の入った紙袋だけだ。念のため、紙袋の中身も全部出した。未開封の缶詰が六缶と、トイレ砂の袋がひとつあるだけ。紙切れ一枚、見つからない。

「思いちがいか」

嘆息し、すぐに拳を握りしめる。

「いいや、何かある。なきゃおかしい」

エルミーが保護された捨て猫と聞いても、どういう種類かは考えもしなかった。三毛やトラではなく珍しい色とは思ったが、捨て猫であることに変わりはあるまい。初心者向けの飼い方やおもちゃの作り方は本屋でハウツー本を立ち読みしたり、ネットで調べもしたが、種類を検索することはなかった。

でも、ロシアンブルー。そういう種類の猫。耳にしてすぐ思いついた。ロシアには美鈴の行きたがっていた美術館がある。「エルミー」は、エルミタージュ美術館からとったにちがいない。その猫を自分に預けたのだ。何かある。託《たく》したものがきっとある。

そのとき、チャイムが鳴った。めったに鳴らないので、飛び上がるほど驚いた。エルミーも毛を逆立てて警戒する。大丈夫だよと声をかけながら立ち上がり、インターフォンに出てさらに驚かされた。病院で初めて会ったばかりの横山だ。

「どうしてここが？」

名刺は渡したが、そこにあるのは会社の名前や住所のみだ。

「押しかけてごめんなさい。会社に電話させてもらったの。緊急に連絡を取りたいと言ったら、ご親切に、こちらの住所を教えてくださって」

なんてことだ。個人情報をなんと心得ているのだ、あの会社は。週明けの月曜日、厳重に抗議してやる。

「永島さん、美鈴ちゃんの猫を預かったのはあなたね。会社の人が言ってたわ。このところ猫が心配だからと早帰りしてるって」

　ますますひどい。いったいどういうつもりだ。

「会わせてもらえないかしら、美鈴ちゃんの猫に。私、心配でたまらないの。元気でいる？」

　やりとりはすべてインターフォン越しだ。ドアは開けていない。鍵はちゃんとかけてある。けれど、今にも横山が入ってきそうで体が強《こわ》ばる。

「どうしてそんなに気にするんですか」

「猫が好きだからよ。私も、飼っているの」

　あっと思った。

「もしかして写真に写っていた白い猫は、あなたの猫ですか」

　背後から、不意に「にゃーん」と聞こえた。インターフォンの受話器を手にしたまま振り返ると、エルミーは窓の近くに置いた猫用トイレのそばにいた。おしっこだろうか。たぶんそうなのだろうが、容器のまわりをうろうろして、中に敷いた砂の匂いを嗅ぐだけだ。いけない。きれいにするのを忘れていた。トイレの手入れだ。ちょうど今までの袋を使い切ったので、新しいのを開けなくては。

「永島さん？　とにかくその、少しお時間をいただけないかしら。折り入って相談したいことがあるの。大切な話よ。こんな時間に非常識なのはわかっているんだけど」

「あの白い猫は、横山さんの飼い猫ですか」

再び尋ねると、しばらく間があってから「ええ」と返ってきた。

「毛足の長いペルシャ猫なのよ。うちに遊びに来たときに撮った写真。美鈴ちゃんもきれいに撮れたから飾ってくれたのね」

そうだろうか。

ほんとうにそういう理由だろうか。あの一枚が目立つよう、他のスナップ写真をわざと隠したのではないか。自分が飼っているのとはちがう猫を抱いていたら、誰かが訝《いぶか》しむ。どこの猫だろうと気になる。飼い主を知ったとき、もう一度「なぜ?」と疑問を抱く。

そしてもうひとつ、栄一に口止めした理由だ。猫の預け先を、誰に知られたくなかったのだろう。それは美鈴の近くにいる人間ではないか。

「横山さん、実は今、シャワーから出たばかりで下着姿なんですよ。それに、すみませんけど、女性をこの部屋にあげることはできません。付き合っている彼女がすごく焼き餅焼きで、誤解されたくないんです」

「あら、私はそんな……」

「エルミーは元気です。もしよかったら明日、キャリーケースに入れて外に出ます。どこかで会いませんか」

　すぐに返事はなかった。栄一は固唾《かたず》をのんで玄関扉を見つめた。額にいやな汗がにじむ。やがて、わかったわと言って横山は声を明るくした。

「明日ね。約束よ。名刺に携帯の番号があるから、そこに電話をいただける？」

　了解してインターフォンを切った。耳をすましていると、わざと靴音を響かせるようにして横山は帰っていった。

　栄一はベッドのへりに腰かけ、トイレの砂を替えるべく、紙袋から新しいものを取り出した。

　きっと、何事もなければ、それでよかったのだ。美鈴がエルミーの件を口止めしたのも、何事もなく取材を終え、栄一のもとに迎えに来られれば笑い話で済む。目につく場所に置いた写真立ても、仕事の区切りをつけたところで片づければいい。

　ほんの少しよぎった不安のために、いくつか手を打っただけ。もしものことがあったときのみ、誰かが気づいてくれるようなささやかな仕掛けだ。

　手にした砂の袋を、栄一はまじまじと見まわした。美鈴が今日の段階で迎えに来ていれば、開けることのなかった袋だ。預かってすぐ開封したのは紙袋の上にあった方。二年前から残しておいた猫用トイレにざっと敷き詰め、あとは排泄物《はいせつぶつ》で固まった部分のみトイレに流し、少しずつ補充していた。美鈴の使っていたのは、水に流せるタイプだった。

ふた袋目を念入りに調べると、底に当たる部分の折り返し、ふつうでは気づかないところに小さなセロハンテープがついていた。はがすと二センチほどの切れ目がある。逸《はや》る胸を抑え、風呂場から洗面器を持ってきた。中身をすべてあける。砂といっても砂場にあるような本物の砂ではない。パルプを固めた五ミリ四方の小さな粒だ。

手でかき混ぜると異物が出てきた。透明のラップにくるまれたUSBメモリ。砂の入れ替えをしているだけで、いつか栄一が気づくよう潜ませていたにちがいない。マイクロチップのような、小さすぎるものではなかった。

その夜のうちに美鈴の母親に連絡を入れ、事故を調べている警察を紹介してもらった。担当刑事が栄一のもとを訪れたのは夜中の二時過ぎ。これまでのいきさつを話し、メモリも預けた。

横山との翌日の約束は、刑事と相談した上で回避した。彼女が事情聴取を受けたのはそれから三日後のことだ。メモリにあったのはとある大物議員の裏金作りにまつわる後ろ暗い資料で、そちらに揺さぶりをかけたところ、美鈴が巻き込まれた事故に関しては無関係を強調した。その一方、横山から資金を援助してほしいという申し出があったことはしぶしぶ明かした。株式投資に失敗し破産寸前だった横山は、美鈴の握っている証拠の品と引き替えに取引を持ちかけたらしい。

どちらが言い出したのかはまだ断定できないが、横山が美鈴に近づき、密《ひそ》かに奪い取ろうとしたのはまちがいないそうだ。うまくいかず、切羽詰まってわざと事故を起こした。バイクを操っていたのは横山の愛人というのが濃厚で、すでに身柄が確保されている。

これまた栄一にとってはあとから知らされたことだが、路肩から落ちた車には助手席のドアがこじ開けられた形跡があり、美鈴の携帯電話とノートパソコンがなくなっていた。横山が手に入れていたのだ。けれどそこに肝心の証拠品はなく、今度は言葉たくみに美鈴の母にすり寄り、どうしても必要な書類があるからと部屋のキーを借り受けた。

家捜しするも目的物は見つからない、ふと猫の不在が気になった。


「わあ、かわいい。エルミー、いい子にしてる？」

車椅子を押して病院の中庭に出て、花壇の脇で止めた。美鈴の手には栄一の携帯がある。ちょこまか動きまわるのでやたら苦労して撮った動画が再生されていた。

「ちょっと太ったかな」

「そんなことないよ。エサはねだられても決まった分量しかあげない。毎日よく運動させる。守っているからね」

「あ、伸びしてる。そうか、お日さまが気持ちいいのね。ふーん。部屋はちゃんと片づいているんだ」

一時は重体とまで言われた美鈴だが、感染症による高熱が治まってからは快方に向かった。骨折やひびも順調に回復し、次の検査結果で問題がなければ、退院の日程も決まりそうだ。

彼女が追いかけていたスクープはその道のスペシャリストがあとを引き継ぎ、つい最近、議員の秘書が逮捕される騒動へと発展した。一方の横山はバイクによる接触事故を故意ではないと主張し、携帯やパソコンを奪ったのも議員側から強要されてのことだと訴えている。法廷で争われることになるだろう。

「退院してもしばらくはおとなしくしてなきゃいけないの。エルミーと遊べるのはまだまだ先だわ」

窓辺のエルミーと同じく、彼女にもやわらかな午後の日差しがそそぎ、頬には健康的な赤みがさしていた。花壇のある中庭から白いコンクリートの建物を見ると、懐かしい高校の校舎を思い出す。

「お母さんが来てくれるんだっけ？」

「うん。実家に帰るよう言われたけど、それは拝み倒して勘弁してもらった。今帰ったら長いこと戻れなくなりそうで。そう言ったら、わかってくれたの」

今度のことで、親子の間にあった溝のようなものがずいぶん埋められたようだ。かつて彼女の父親も事業に失敗し、多額の借金を背負うことになった。でも横山のような悪あがきはしなかった。苦渋の選択をした上で、新しい道を歩み始めたのだ。今ではパソコンの出張講師として、声がかかればどんな場所にも出向くという。決して簡単な転身ではなかっただろう。初めて気づいたと、栄一に話してくれた。

「そうそうお父さんがね、猫なら預かるって言ってた」

「えー、いいよ。エルミーはこのままうちにいれば」

「でも仕事、忙しいでしょ。やっぱり大変じゃない？」

栄一の脳裏に、肩をすぼめて平謝りする課長の姿がよぎった。外部からかかってきた電話に対して、請われるまま社員の個人情報を教えてしまったのだ。横山の話術がかなりのものであったとしても、その結果、栄一の身に危機が及んだ。しどろもどろでなんとか上にはごまかしたらしく、栄一には平身低頭だった。

「おれも今回の件で学んだよ。言うべきことをちゃんと言わなきゃダメだな。職場の風向きもちょっと変わったんだ。心して、これからぐっと手綱《たづな》を締める。だから仕事は大丈夫」

美鈴の肩が震えるのでどうしたのかと思ったら、笑っている。大真面目に言っているのに、自分だとギャグになるのだろうか。後ろから、軽く小突いてやった。

「それともうひとつ、決めたことがあるんだ。おれも猫を飼おうかと思って」

「永島くんが？」

「うん。パリっぽい猫がいいな。名前はルーブルにするよ」

ここしばらく心の中で練習したセリフだ。思いついたとき、自画自賛して酔いしれた。そして噛《か》まずにさらりと口にし、きれいに決めたつもりだったのに、美鈴は「えーっ」と奇声をあげて振り返った。

「それを言うなら、アメショーでしょ。名前はメトロにして」

「えっ」

雨？　メトロ？

「なんで地下鉄が出てくるんだ。雨がどうした？」

「もう。ぜんぜんわかってないなあ」

美鈴は頬を膨らませ、恨みがましい一瞥《いちべつ》をよこしてから、くすくす笑い出した。

「アメリカンショートヘアっていう種類の猫がいるの。アメリカといえば美術館はほら」

「メトロポリタンミュージアム！　それでメトロ？」

「ポリタンよりよくない？　でもまあ、しばらくはエルミーだけでいいよね。永島くんと一緒に大事にするから、ずっと元気でいてね」

画面に話しかけながら美鈴が再生スイッチに触れる。青みがかった灰色の優美な猫が、きゅっと顔をしかめたのち、大きな口を開けてあくびをした。

かもしれない

リビングの床に敷かれたラグに腰を下ろし、昌幸《まさゆき》は絵本を開いていた。五歳になる娘の琴美《ことみ》にせがまれてのことだ。今のところ昌幸の足の間に座り込み、おとなしく絵本に見入っている。上の子は小学一年生の男の子で啓輔《けいすけ》という。妻の瑠璃子《るりこ》に連れられ、昼前には出かけていった。同じマンションに住む友だちに誘われ、デパートの屋上で行われる戦隊ものヒーローショーだそうだ。琴美は悪役の派手な演出に大泣きしたことがあり、今日はしぶしぶお留守番。

日曜の午後、南西向きのリビングには窓から日差しが注ぎ、十月の末でも暖かい。居眠りしたくなるようなのどかさだ。昼食にと用意されていたマカロニグラタンがいい具合にお腹《なか》に収まっている。

「パパ、これはもうおしまい。終わっちゃったよ。今度はあれ」

森の中で動物たちがお店を開くというメルヘンな絵本はぱたんと閉じられ、琴美は前屈《まえかが》みになる。つんのめりそうになったので、昌幸は「はいはい」と手を伸ばした。次の本と交換する。琴美はわざわざ座り直し、小さな口元に満足げな笑みを浮かべた。それもそのはず。いい子にする約束で、先週末買ってもらったばかりの本なのだ。

『りんごかもしれない』ヨシタケシンスケ　ブロンズ新社

あら知らないの？　有名な絵本よ。うちの子たちも大好き。本屋さんに行けばいっぱいあるじゃない。見てないの？

さもあきれたように瑠璃子に言われ、昌幸はムッとしてそっぽを向いた。知らなくて悪かったなと、心の中で毒づく。家族で本屋に行くのは休日の昼間、児童書コーナーはいつも喧噪《けんそう》に包まれている。甲高い声でしゃべり続ける子、泣き出す子、通路をぐるぐる走りまわる子、それらにかぶさる親たちの声もけたたましい。絵本から発せられる童謡は不気味に明るく、パトカーのサイレンもどきが鳴り響き、鈴やラッパの音まで聞こえてくる。

そんな中でも精一杯、子どもの面倒は見ているつもりだ。幸いにして啓輔は走りまわったりせず、ひととおり売場をうろちょろしたあとは電車の本に釘《くぎ》付けとなる。琴美はお姫さまの本。ふたりがねだるのも毎回そのあたりで、あとは瑠璃子が選んだ定番絵本が村上《むらかみ》家の蔵書に加わる。

でも今回のはいささか毛色が変わっていた。すでに昨日《きのう》、読まされているので内容はわかっている。

　主人公の男の子が学校から家に帰ってくる。テーブルの上に、ぽつんとひとつ置かれたりんごに気づく。ヘタの付いた、ごくふつうの赤いりんごだ。けれど男の子は「りんごじゃないのかもしれない」と考える。それが発端となり、めくるめく発想力が発揮され、ひょっとしたら中身はメカかもしれない、ひょっとしたら何かのたまごかもしれない、ひょっとしたら——と、延々続く。たくさんの「かもしれない」が、絵本一冊を丸ごと埋め尽くすのだ。

　絵柄はとてもシンプルで、手描きと思われる線に味わいがある。スケッチブックにサインペンを走らせたような親しみやすさだ。これがまた、半ズボン姿の男の子の発想にマッチしている。ページをめくればめくるほどりんごは突飛な姿に変貌し、想像力が現実を突き破るのだけれど、素朴なタッチは変わることなく、男の子のキャラクターから離れない。最初から最後まで、ユーモラスなぬくもりに包まれている。おかげで安心して意外性が楽しめる。

　昨日からさんざん読み返している琴美も、たちまち愉快そうに頬をほころばせ、明るい声で話しかけてくる。

「ねえ、パパ。この本、パパもおもしろい？」

「うん。ふつうのりんごから、よくこれだけ思いつくね」

「思いつく？」

「えーっと、考えてるうちにアイディアがひらめくってことだな。最初に決めつけず、『待てよ』と思い直すところから、すべてが始まる」

「パパも考える？　ひらめある？」

ひらめきだよと笑いながら、昌幸は心の中で「待てよ」とつぶやいた。ゆっくり顔を上げる。日差しを受けて白く光るカーテンへと視線を動かし、眩《まぶ》しくて目を閉じた。瞼《まぶた》の裏に二年前の出来事がよぎった。

あのときも「待てよ」と立ち止まっていれば、ちがう風景が見えただろうか。

同期入社である管野《かんの》の顔がありありと浮かんだ。小柄で小太りの男だ。よっぽど気をつけなくてはメタボまっしぐらだと、一重《ひとえ》瞼の目を細め、くったくなく笑っていた。酒の席では気の置けない連中に丸い腹を突《つつ》かれ、まだまだかわいいもんだろと胸を張るくらいに陽気な男でもあった。

その管野が二年前、信じられないヘマをしでかした。会社のパソコンに届いた自分宛《あて》のメール、そこに添付されていたファイルを、まったくもって不用意に開いてしまったのだ。ファイルにはタチの悪いウイルスが仕込まれていた。彼になりすました汚染メールが社内にばらまかれ、複数の部署でパソコンが感染し、結果として顧客データも流出した。

昌幸と管野が所属しているのは中堅の不動産会社だ。創業は昭和三十年に遡《さかのぼ》る。もとは建築資材を扱う会社だったが昭和五十年代にマンションの建設、分譲も手がけるようになり、現在は不動産仲介業、マンション管理、リフォームなどを含め、住居に関する事業全般を展開している。

昌幸は四年制大学を卒業後に新卒採用され今年で二十年目。入社直後は管理部門である経理部にいたが、三十歳になる前、今いる資材部に転属した。管野も同じく新卒採用で、こちらは分譲マンション営業のキャリアが長い。二年前の当時は千葉市郊外に建設された七十二戸を精力的に売りさばいていた。肩書きは課長。マンション販売部部長の席も近いと噂《うわさ》されていた。

皮肉なことに、会社の柱となる部署の、今風に言えばプロジェクトリーダーの立場にいたからこそ、二年前のポカは大きな失点となった。ウイルスメールについて被害が取りざたされ、口やかましく注意喚起が促されている時期に、あろうことか厳しく目を光らせるべき側の人間がしでかしたミスだったからだ。

顧客データの流出も痛かった。始末書だけでは済まず、重役を伴って方々に謝罪してまわり、最終的に減俸処分というペナルティを科せられた。

昌幸は初めて耳にしたときから口惜《くや》しくてたまらず、状況を聞くにつれ腹を立てた。何やってるんだと、何度口にしたか。なぜそんな初歩的なミスをしでかした。どうしてもっと気をつけなかった。馬鹿にもほどがある。本人のいないところでも言ったし、電話口で本人にも容赦なくぶつけた。

ほんとうならその後どこかで怒りは鎮まったはずだ。何より一番ダメージを受けたのは菅野自身。花形部署のリーダー役なのだから、重役陣の覚えはめでたかった。社長にも気に入られ、目をかけられていたと聞く。せっかく出世街道を突き進んでいたのに、それがそっくり暗転する。評価は急落し、信用も失う。じっさい社長を筆頭に重役連中はこぞって激怒したそうだ。となれば部長への昇進どころではない。課長の椅子さえ怪しくなる。

本人の気落ちは大変なものだろう。へこみまくっているにちがいない。こちらの憤慨をぶつけている場合ではなく、慰めたり励ましたりするのが同期としての務めだ。昌幸にしてもそう思い直し、あらためて本人を呼び出してみたところ、あろうことか菅野はへらへらしていた。いやー、まいったまいったと頭を叩《たた》く。やっちゃったよな、おれもほんと馬鹿、そう深刻な顔をするなって。おまえにも心配かけたな、ごめんごめん。

あきれてポカンとしてしまった。昔から細かいことにこだわらない大ざっぱな男で、気持ちの切り替えが早く、くよくよ悩むタイプではなかったが、これはさすがにこたえて当然の出来事だろう。なのに、バナナの皮に滑って転んで腰を打ったくらいの緩さだ。

昌幸は心置きなく「しっかりしろ」とどやしつけた。もう少しで襟首をねじり上げ、笑うなと力任せに揺さぶるところだった。情けなさが勝り、手も出せなかったのが後々まで悔やまれた。頭突きのお見舞いくらい、してやればよかった。

でも。今にして思う。

あそこで「待てよ」とつぶやいていたら、どうなっただろう。

絵本の中で、半ズボンの男の子はりんごを見て、りんごじゃないかもしれないと思う。同じように、二年前の管野のミスは、ただの凡ミスではなかったのかもしれないとしたら。

そのまま昌幸はぼんやりしてしまい、娘が絵本をめくっている音にハッとした。次のページは見開き一面におかしなりんごがひしめいている。

思うだけではダメだ。男の子を倣《なら》い、頭を軟《やわ》らかくしてありとあらゆる可能性をひねり出さなくては。たとえば、あれは巧妙に仕組まれた罠《わな》だった、というのはどうだろう。出世頭だった管野を妬《ねた》み、何者かが足を引っぱろうと企んだのだ。

真っ先に浮かんだのは、実は、二年前にも似たようなことを考えたから。会社という組織の中で妬みや嫉《そね》みは常に背中合わせだ。誰かの幸運は誰かのひがみを生む。出る杭《くい》は打たれるという教訓はけっして死語にならない。管野が順調に積み上げた功績を快く思わない人間はどこかにいるだろう。いや、そういう人間に心当たりがないわけではない。年次で言えばふたつ上の先輩が管野と同じ販売部門にいて、まだ課長になれず、要するに管野に追い抜かれている。裏で何かと陰口を叩いているのを昌幸も知っている。

もしも標的にされてメールが届いたとしたら、管野は気づいただろうか。はめられたと悟れば、彼にしても必死に犯人を探すはずだ。見当は付いたのか。付いたからこそ、へらへらしていたのかもしれない。でもその犯人を、管野は暴いていない。つゆほども噂を聞かないので、おそらく。たぶん。わかっていても口をつぐんだとしたら、さらなる複雑な裏事情がありそうだ。

思わず眉根《まゆね》がぐっと寄る。

「パパ、どうしたの?」

「ううん。なんでもないよ」

しかめっ面になってないで、もっと別のことを考えてみよう。たとえばうっかりではなく、わざと怪しげな添付ファイルを開いたとしたら。その場合の理由は何か。ウイルス汚染を承知の上というのなら、むしろ感染したかったのではないか。感染して自分のパソコンを台無しにしたかった。あるいは誰かのパソコンをぶっ潰したかった。あるいは騒動を起こすことにより、社長以下重役連中に嫌われたかった。取引先にお詫《わ》びしてまわりたかった。いや、さすがにこれはないだろう。しかし、出世街道から下りたかったというのはどうだ。販売部門から異動になりたかった。これは少しありえるのではないか。理由は、もう疲れたとか。

昌幸の脳裏には八ヶ月前のひとコマがよぎる。管野に辞令が下り、この春から長野県にある工務店への出向が決まった。某ＪＲ駅の再開発に伴い、商業と住居の複合施設の誘致《ゆうち》が始まっているそうだ。そこに食い込めるよう、地元の工務店との協力体制を築き上げるのが役目と聞いた。昌幸たちの会社の主なテリトリーは東京近郊なので、なぜ長野と訝《いぶか》しく思っていたところ、ただの左遷《させん》だよと吐き捨てるように言ったやつがいた。例の、管野に嫉妬していた陰口男だ。

これまでも重役連中の不興を買った者がアウェーに送り込まれる事例はあったそうだ。先方に望まれてならまだましで、ひどいときはほとんど話すら通っていない。迷惑がられ、肩身の狭い思いをさんざん味わう。堪《た》え忍んでいるうちに戻される者もいれば、早々に見切りを付け、辞めてしまう者もいる。あいつはどっちだろうと、その男は意地悪く笑った。

ウイルスメールの一件で、始末書を書いて謝罪行脚《あんぎゃ》を終えたあと、管野は減俸処分にもめげずプロジェクトリーダーを全《まっと》うした。新築マンションは完売し、巻き返しが叶《かな》ったと昌幸は胸を撫《な》で下ろしたのだが、そのあとの新築販売には若手がリーダー役に抜擢《ばってき》された。そして管野は異動となった。

ただの左遷と聞いた直後、昌幸は管野の部署に立ち寄り、半ば強引に飲み屋に誘い出した。ほんとうは差しで飲みたかったのだが、聞きつけた同期の数人が加わり、愚痴やぼやきの飛び交うやかましい夜になってしまった。途中でトイレや喫煙にと席を立つのがいて、やっと管野とふたりだけになった。昌幸はここぞとばかりに、長野は断れなかったのかと詰問した。おまえが行くことはないだろ。こっちでやるべき仕事はまだあるはず。惜しむ人間もいるだろう。おまえを評価している重役だっているじゃないか。掛け合ったのか？相談してみたか？　たまにはまわりを頼れ。

管野は傾けていた焼酎のグラスを宙に浮かせ、まじまじと昌幸を見返した。驚いたような顔だった。

「おれは真面目《まじめ》に言ってるんだよ」

「うん。そうみたいだな」

「茶化すなよ。今からでも遅くない。断れ。きっぱり断れ」

「ちがうんだ。事前に話を聞かせてくれた部長は、うまく断ってやるからと言ってくれた。でもおれは受けることにした」

「どうして！　なんでだよ。馬鹿か」

「おれは独身だよ。身軽だしさ。おれが断ったら家族持ちのところに話がいくんだ。それもどうかと思うじゃないか。なあに、身軽ってのも悪くない。見ず知らずの土地で、新しい仕事をやってみたくなった」

にっこり微笑《ほほえ》まれ、二の句が継げなかった。言葉を探しているうちにやかましい連中が戻ってきて話は宙ぶらりんになった。別れ際、おまえんところの資材をばっちり受注してやるよ、待ってろと快活に言われ、これにもうまく返せなかった。

いきなりの辞令にショックを受け、へこんでいる自分がひどく小さな人間に思え、帰り道では無性にイラついた。そもそも他人の辞令なのに。驚いたり落ちこんだりは勝手な独り相撲《ずもう》にすぎない。あいつの頭の中なんてわからない。もう放っておこう。行きたいならさっさと行け。やりたいようにやればいい。

そう思ってきたのだけれども。この絵本だ。

半ズボンの男の子の発想は止まらず、おじいちゃんがりんごのすがたをしてあいにきたかも、などと言い出す。

管野は窮地に立たされるミスを犯したのに、なぜへらへらしていたのか。花形部署からの異動が決まっても、なぜさばさばしていたのか。おじいちゃんがりんごになれるのなら、管野の凡ミスだって何かの、もしかして美しいヒーロー伝説だったりするのかもしれない。

たとえば誰かを庇《かば》ってのこと、とか。お、これはいけるのではないか。ドジでまぬけな失敗をしでかす道化役を管野は演じていた。ウイルスの仕込まれたファイルを不用意に開けたのは別人。いったい誰だろう。発覚後すぐ身代わりになれるくらい近い場所にいる人だ。世話になった先輩か、目をかけている後輩か。長野行きを断ってやろうという部長も考えられるのかもしれない。部長なりの恩返しだったりして。

でもしかし、世話になったり目をかけたりくらいで、あれほどの汚名をかぶるだろうか。始末書と謝罪行脚と減俸に加え、左遷の憂《う》き目《め》にも遭った。処分を甘く見込んでいたとしても、信用ガタ落ちになることは予想できたはず。

庇ったならば、もっと強い気持ちがあってしかるべきだ。そうしなければならない理由があった。もしくは、どんな不利益を被《こうむ》ってもかまわないと思える相手だった。

ふいに息苦しくなって、昌幸は天井を見上げた。「相手」という言葉に胸の奥がうずく。例の凡ミスと、管野が未《いま》だ独身であることは関係していないだろうか。

昌幸が結婚したのは八年前、三十四歳のときだ。妻となった瑠璃子は、管野と同じく同期入社仲間である牧原響子《まきはらきようこ》の、学生時代の友だちだった。牧原の挙げた結婚式の二次会で出会い、とんとん拍子に交際へと発展し、結婚に至った。あの頃はまだ管野も「どこかにいい人いないかな」「誰か紹介してくれよ」「おれも結婚したい」と軽口を叩いていた。

いつから言わなくなったのだろう。それぞれ仕事が忙しくなり、昔ほど同期会は開かれなくなり、ビアガーデンや河原のバーベキュー大会の音頭《おんど》取りをする者もいなくなり、結婚式も減っていく。食堂などで顔を合わせれば挨拶くらいはするが、立ち話では「最近どうよ」がせいぜい。

そんなとき、三十代後半の頃だ。住宅機器の展示会で管野にばったり会い、一緒にフロアをまわりながら「そろそろおまえの番じゃないか」と話しかけた。ふたりで眺めるのは、子どもふたりの四人家族を想定したリビングルームの内装だった。

管野は肩をすくめたので、昌幸は誰か紹介しようかと含み笑いを向けた。頼むよと言われれば、好みのタイプや年齢の幅を聞いてやろう。紹介する当てなどないのに、面白がる気満々でいたところ、管野は首を横に振った。おれはいいやと即座に断った。

「なんで。結婚そのものに興味がなくなった？」

「そういうわけじゃないけどな」

「だったら、すでに心に決めてる相手がいるとか？」

返事がなかった。それが返事であることに、少し遅れて気づく。

「誰だよ。社内の人？　もしかしておれの知ってる人？」

「ノーコメント」

「水くさいな。言えよ。おれ、口が堅いぞ。秘密は守る」

「脈がないんだ。見込みなし。もうすぐあきらめるから、十年くらい経《た》ったら話してやる」

おいおいと肘で小突いた。もっと聞き出したかったが、展示会場では込み入った話がしづらい。あいにくその日は別件の用事が入っていて、場所を変えることもできなかった。

ふだんだったらそれきり忘れてしまうところだが、まだ覚えているときに社内で管野の姿を見かけた。昌幸が七階の小会議室で打ち合わせを終えて帰るとき、となりの会議室のドアが開いていて、管野が書類らしきものを整理していた。これから打ち合わせなのかもしれない。思わず足が止まったのは、管野の他にもうひとりいて、それが若い女性だったからだ。若いと言っても三十歳前後だろうか。机の上に書類を並べてみたり、途中で一緒に紙切れをのぞき込んだり、指を差して笑い合ったりと、とても仲良さそうに見えた。

管野は身長百六十五センチ、やや小太りで、ここへきてやや髪の毛も薄くなり、顔立ちもよく言って「十人並み」だ。いいやつだが、いい男にはほど遠い。じっさい昔から「友だちにしか思えない」と言われ続けたらしい。でもそのときは女性とふたりで談笑している姿がとてもサマになっていた。相手が清潔感のある優しそうな人だったので、よけいにそう感じられた。何よりそれまでで一番、管野が嬉《うれ》しそうに笑っていた。

この人だろうと珍しくも勘が働いた。お似合いじゃないかと素直に思った。脈がないってなんだろう。管野と言葉を交わす彼女も、くったくなく微笑んでいる。

その場で話しかけるような野暮なまねはせず、昌幸はすみやかに離れたが、慎重に少しだけ調べてみた。くだんの女性は管野と同じ課に所属する西岡祐美《にしおかゆみ》さん。入社年度からすると十歳前後年下。独身らしい。そこまでわかったところで詮索《せんさく》はやめることにした。直属の部下であり十歳年下となれば、部外者にはわからないデリケートな問題もあるかもしれない。

そっとしておくつもりが、じっさいはほとんど忘れている状態だった。その後、異動の時期に彼女が管野の課から離れたことを知り、直属でなくなる方が付き合いやすくなるように思ったが、佳《よ》い報告を聞く前にあの騒動だ。いよいよ忘れていた。

けれど相手が彼女ならば、管野は庇いたくもなるのではないか。課を離れたとはいえマンション販売部であることに変わりはない。ミスに気づく距離かもしれない。ただし、ミスを管野にかぶせてそれきりならば彼女の人格を疑わざるをえない。そういう女性に入れ上げるのはいかがなものか。

「パパ」

「待てよ」

ひょっとしたら、彼女自身が己のミスに気づいていないのかもしれない。管野は黙って一切を堪え忍んだ。これなら合点《がてん》がいく。

「コトちゃん、どれかな。パパどれがいい？」

「ん？」

りんごをめぐる男の子の妄想は止めどもなく広がり、町中にりんご人間があふれている。

「ダメだなあ。これくらい考えなくちゃ」

「パパはこれね」

ベンチに座るサラリーマン風りんご人間を娘が指差す。

「うーむ。もっともらしいことをこねくりまわしてみたが、どうせなら……管野を凄腕《すごうで》スパイにするとかね」

広まったウイルスはダミーであり、もっと威力のある、会社を根底から揺るがすようなウイルスがばらまかれていた。あるいは管野の正体が宇宙人だったりして。いつの間にか宇宙人とすり替わっているのだ。そしてウイルスではなく地球外生命体との交信記録がもれてしまった。

ぶつぶつ言っているうちにも絵本は最後のページに到達し、きれいな落ちへと導かれる。琴美は大満足で絵本を読み終わったあとも、裏表紙やらカバーそでやらをながめていた。

そこにも楽しい絵が描かれている。コストパフォーマンスの素晴らしい一冊だ。

そのあとはおままごとで並べられたぬいぐるみの名前をひとつひとつ教えられ、覚えられないままおやつタイムへと突入し、ビスケットや蜜柑《みかん》ゼリーを食べ終わった頃にはうとうとしてしまった。琴美に「洗濯物！」と揺り動かされ、あくびを嚙《か》み殺しながらベランダに出た。日の暮れるのが早くなっている。住宅街の屋根やよそのマンションの側壁に西日が当たっている。耳を澄ますと友だちを呼ぶ子どもの声や、車のエンジン音、パンパンと布団を叩く音が聞こえてくる。ありふれた休日の夕暮れ時、管野はどうしているだろう。どんな場所にいて、何を眺めているだろうか。

ベランダの物干し竿《ざお》から洗濯物を室内に取り込み、ざっと仕分けをしていると息子たちが帰ってきた。管野について瑠璃子に話したのは、子どもたちの就寝後だった。

「管野って、知ってるよな。ほら、おれたちの結婚式の二次会で司会をやってくれた会社の同期」

瑠璃子はスマホをいじっていた手を止めて、うなずいた。昌幸はテレビのスポーツニュースを見ていたが、ちょうどコマーシャルに入ったので音量を少し落とす。瑠璃子は訝しむ顔になった。

「管野さんがどうかしたの？」

「あいつ、この春から長野じゃないか。向こうはもう冬なのかなと思ってさ」

「こっちよりかは寒いでしょうね」

「このままずっと独身でいるつもりかな。牧原から何か聞いたことはない？　管野の身の回りにいる女性について」

言ったとたん、瑠璃子の顔つきが変わった。牧原は同期仲間であり、瑠璃子の学生時代の友人でもある。女同士の気安さで、妻の方に噂話をするかもしれないと思ったが、ビンゴなのか。昌幸はテレビそっちのけで身を乗り出すも、瑠璃子は珍しく口ごもる。隣近所や同じクラスのお母さんの話など、いつも大変な勢いでまくしたてるのに。

「なんだよ。気になるじゃないか。牧原によっぽど口止めされたのか」

「そうでもないけど、そういうニュアンスの話だったから」

雰囲気からしてあまりいい話ではなさそうだ。でもこのさい聞かずにはいられない。瑠璃子の方も打ち明けたくなったようで、ふたりだけしかいないリビングで声をひそめる。

「ここだけの話よ。広めたらダメよ」

「わかってるよ。そんなの決まってるだろ」

「マキちゃん、いっときすごく困っていたの。管野さんとの仲を疑われて、気持ちの悪いメールが来るって」

「管野と牧原？　なんだそりゃ」

「でしょ。あのふたりに何かあるわけないじゃない。ウマが合うからよくしゃべるし、飲みにも行くみたいだけど、どっちも男とか女とか意識してないわよ」

牧原はパンツスーツを颯爽《さっそう》と着こなし、豪快に口を開けて笑う、さばけた女性だ。大学時代のサークルの後輩であるイケメン男子から一途《いちず》に思われ、三十歳で結婚した。今でも向こうは自分にぞっこんだと、ときどきアホらしい惚気《のろけ》を聞かされる。その意味でも他の男にふらふらするとは考えられない。まして相手が管野だなんて。

「どこのどいつだよ。そんなバカらしいこと言ってるのは」

「管野さんの身近にいる女の人みたい。琴美がまだ小さい頃だから、三年くらい前になるわね。マキちゃん、何人かと飲みに行ってハシゴをしたんだけれど、最後まで一緒にいたのが管野さんだったらしい。いい気持ちで酔っ払って、管野さんのお腹を叩いたり、ほっぺたを突いたり、クッション代わりにもたれかかったりしたそうなのよ」

「いつものことだ。ありありと目に浮かぶ」

「うん。そしたら数日後、あれはなんですか、見苦しい、セクハラ以外の何物でもない、いい年して恥を知りなさい、と匿名のメールが来たんだって」

うげげと思わず声が漏れた。

「たぶん同じ店にいて、見ていたのよね。マキちゃんのことだから、その時点ではどん引きくらいで流そうとしたみたい。ところがそこからしつこいやがらせのメールが来て、隠し撮りの写真まで送られてきたんだって。さすがに気持ち悪くなったわけよ」

今まさに昌幸がどん引き状態だ。

「写真って、どんなの？」

「最初のメールが来てから管野さんと出歩いたことはないから、撮られたのはその前ね。道端で管野さんの腕を摑《つか》み、カラオケ店に引っ張り込もうとしているところと、もう一枚は社内で立ち話しているところ」

「社内？　会社の人間ってことか」

「そうなるわよね。前々からふたりの仲を疑い、目を付けてたんだと思う。ほんとぞっとする」

「ぜんぜん知らなかったよ。それで牧原はどうした？　誰かに相談したのか。会社の中の誰かに」

瑠璃子は唇を嚙んで頭を少し傾けた。

「マキちゃんもずいぶん悩んだんだと思う。でも管野さんとは部署がちがうでしょ。たまたまその頃は会う機会が続いたけど、ふだんは半年くらい顔を見ないこともあるんだって。会う機会っていうのも、他の人から飲み会やカラオケに誘われただけで、お互いに声をかけ合うわけでもない。だからしばらく疎遠になるくらいは、なんでもないことだったのよ。脅しにひるむみたいで気分は悪いけど、そのままにしたそうなの」

「誰にも言わなかったのか」

「うん。しばらく経ってから、管野さんには電話で打ち明けたそうよ。そしたらメールの差出人に心当たりがあるような口ぶりだったって」

またしても驚かされる。今までの話からすると、いやがらせのメールを送ってきた人間は、管野と牧原が親しそうにしているのを見て、牧原を攻撃した。つまり相手は女性？管野に執着《しゅうちゃく》する女性がいるわけか。

「あいつがそんなにモテるなんて」

「失礼なこと言わないでよ。管野さんをいいと思う人がいてもおかしくないでしょ。でも管野さんの方はノーサンキューだったのよ。迫られても、やんわり拒絶していたんじゃないのかな。そしたらあとをつけまわしたり盗撮したり。管野さんが好意を持てないのは、初めからそれなりの相手だったのね。女を見る目があるわ」

ばっさり切り捨てる瑠璃子に昌幸もうなずいた。モテて嬉しい相手とそうでない相手がいるのはわかるつもりだ。現実に、ストーカー行為の被害が出ている。

「牧原の方はそのあとどうした？」

「管野さんに会わないよう気をつけていたら、メールもそれっきり」

「とんだとばっちりだったな。煙も立ってないところに、消火器を投げつけられたようなものか。当事者の管野はさぞかし……」

言いかけて背筋が寒くなった。牧原に悪質なメールが届くようになったのは三年前。管野がウイルスメールの餌食《えじき》になったのは二年前。無関係だろうか。

考えたことが顔に出たらしく、瑠璃子も神妙な面持ちになる。

「管野さん、すごく厄介なことになったのよね。ウイルスファイルを開けてしまったんでしょう？」

「もしかして」

「マキちゃんも心配してすぐに連絡したみたい。でも関係ないと言われたんだって。ぜんぜんちがう、ぼんやりしてドジを踏んだだけ。自業自得だからって」

ほんとうにそうだったのだろうか。今の話を聞いたあとだと鵜呑《うの》みにはできない。牧原にしてみれば、それ以上は食い下がれなかったのだろうが。

「歯がゆいわよね。いろいろと」

「ああ」

何もかも初耳というのがもどかしい。女性の逆恨みだとしても、管野はすべてを飲み込み、自分のしでかした凡ミスとして事後処理に当たった。水くさいと思うが、打ち明けづらい状況だったのかもしれない。出るところに出てカタを付けるべきか否か、彼にしても迷いはしただろう。

「管野さんは結局、本社にいられなくなったのよね」

「断る余地はあったけど、自分の意思で受けたようなことを言ってたよ」

「それで良かったのかしら」

瑠璃子の目線がすっと動き、キッチンへと向けられる。リビングとの間仕切りにカウンターが置かれ、その上にりんごがひとつ乗っていた。昼間見た絵本の冒頭のシーンのように。先週末スーパーに買い出しに行ったとき、青果コーナーで瑠璃子がばら売りのりんごを見つけた。長野産と書かれたプレートを見て昌幸は「買おうよ」と言った。

それが頭にあったので、あの絵本を見て管野を思い出したのだ。彼は今、りんごの里で働いている。おまえんとこの資材を受注してやる、と言ったのは、その場限りの社交辞令ではなかった。先週、大口の見積《みつもり》依頼が舞い込んだのだ。満面の笑みを浮かべる部長に、君の同期だったなと言われ誇らしかった。どこに行ってもしっかり働いている。仕事のできるやつだ。

「さっき、おれが管野のまわりの女性って言ったのは、管野が気に入ってるらしい女の人のことを思い出したからなんだ。思われてるんじゃなく、思っている相手。牧原に送られてきたメールの差出人は、それきりわからずじまい？」

「ううん。マキちゃんがただの泣き寝入りなんかしないわよ。突き止めたみたい」

「なんて名前？」

「私にはS山《やま》さんと言ってた」

鳥肌が立つ。今度は寒気ではなく、胸の中に新鮮な空気が入ったのだ。

「管野がものすごく嬉しそうに笑いかけていたのは、西岡さんという女性だった」

「S山さんじゃないのね」

「おれの勘が正しければ、あいつの好きなのは清潔感のある優しそうな女性だ」

「あなたの勘ねえ。当たっているといいけど。管野さんの心を摑んだのはまともな人であってほしいわ。それ、確認する術《すべ》はないの？」

「受注があったから、挨拶がてら出張を入れることはできるかも」

「本人に聞いてみるのね。行ってきてよ。長野なら新幹線で数時間よ」

けしかける瑠璃子とは裏腹に、昌幸にはふとためらいがよぎった。思う相手が別人だとしても、あのとき管野は脈がないと言っていた。いくら仲良さそうに見えても、相手からは男として意識されない場合もある。そっとしておいた方がいいだろうか。それとも、誰かに話したいときもあるだろうか。管野は「十年くらい経ったら話してやる」と言っていた。まだ数年しか経っていない。

迷いつつも週明けの月曜日、昌幸は出張の段取りを付けることにした。長野はたしかに片道数時間の距離なので日帰りになってしまったが、昼過ぎからの挨拶まわりをてきぱきこなせば、早めの夕食くらい一緒にとれそうだ。

日程調整を管野に任せ、持参する資料を作っていると、瑠璃子は瑠璃子で牧原に連絡を取ったらしい。社内メールで牧原から呼び出しを受けた。人目を憚《はばか》ったのか打ち合わせ用の小会議室を取ったようで、そこまで出向くと自分用のペットボトルを一本だけ手にした牧原が待ち構えていた。挨拶もそこそこに本題に入る。

「長野に出張だって？」

「来週ね」

「よかった。カンちゃんのこと、気になっていたのよ。どんな感じか、しっかり見てきてね」

牧原のもとに届いたいやがらせメールの件を、昌幸としては聞かずにはいられない。話を向けると渋々ながらもあらましを語った。そして今現在、差出人とおぼしき女性がどうしているかも教えてくれた。昨年の春、販売部から異動になり、マンションを管理する子会社へと出向中だそうだ。

「昨年の春なら、管野の異動の一年前か」

「ウイルスメールの失態でカンちゃんはさんざんな目に遭ったわけよ。四苦八苦してる姿を間近で見て、少しは気が済んだんじゃない？　わりとすんなり出ていったみたいよ」

「やっぱりあれ、その女性の仕業だと、牧原は思ってるんだな」

「まあね。カンちゃんはうんと言わなかったけど」

「どうしてだろう。その女性を庇ったわけじゃないだろ」

へたに騒いでS山さんとやらの嫉妬の対象が、西岡さんに向けられるのを恐れたのだろうか。

「それに、あの出来事から二年経ち、問題の女性もよそに移ったなら、なぜ長野への出向を承諾したんだろうな」

「さあね。そのあたりを聞けたら聞いてきてよ」

ひとつだけ、知ってたら教えてくれと昌幸は切り出した。

「西岡さんは今、どうしているのかな」

すでに瑠璃子から情報がいってるだろうと踏んでの質問だった。牧原はすんなりうなずく。話が早い。

「私も気になって探ってみたわ。そしたらここ数年異動もなく販売部にいる」

「結婚は？」

「過去はわからないけど、今は独身よ」

ふーんと短く返すことしかできなかった。彼女はどんな気持ちで管野を送り出したのか。課がちがえば、送別会の類《たぐい》もなかったのかもしれない。送り出すという意識もなく、人事異動を春先の恒例行事と受け止めたのかもしれない。

「でも、村上くんもどうかしたの？　今になってカンちゃんのことをずいぶん気にして」

「琴美の絵本を読んだんだ」

「絵本？」

「物事を簡単に決めつけず、ああかもしれない、こうかもしれないと考えてみたらどうなるか、っていう絵本だった」

「哲学的ねえ。それでカンちゃんのことも考え直してみたの？」

「そのとおり。二年前のあれも、馬鹿でまぬけな凡ミスではなかったのかもしれない、ってね」

牧原は肩をすくめ、楽しげに笑った。

「カンちゃんは馬鹿でまぬけな凡ミスと、自分で言ってたけどね」

だからだ。誰のせいでもなく、自分の不注意が招いたミスならば、もっと自己嫌悪に陥ったり、口惜しがったりがあってもよさそうだ。管野は立ち直りも割り切りも早かった。むしろ早すぎた。裏に複雑な事情があったからこそ、短期間に深く思い悩み、腹をくくってけろりとしていたのではないか。

「しっかり尻尾《しっぽ》を摑んできてよ。むずかしいだろうけど。私だって、これでも心配してるんだから」

腕を組んで肩をそびやかし、牧原は顎《あご》をしゃくってみせた。それにうなずき昌幸は話を切り上げた。片手を挙げて会議室を出て行く。廊下を歩く足取りがいつもより軽くて速い。このまま長野まで真っ直《す》ぐ進もうと思った。

管野は新幹線の到着時間を見計らい、長野駅の改札口まで迎えに来てくれた。部署がちがうので八ヶ月ぶりというのは珍しくないが、地方の駅で会うのは新鮮だ。彼の案内で駅前の駐車場まで歩き、駐《と》めてあった営業車に乗り込んだ。

そこからは管野の世話になっている工務店に立ち寄り挨拶し、副所長と共に顧客の元に出向き、東京本社の資材部として挨拶がてらの売り込みに励んだ。昼は管野のセッティングした店で接待会食。その後も車でいくつかまわり、予定を精力的にこなした。

五時半に工務店に戻り、車を駐車場に置いたところで本日の業務終了。所長や副所長にもあらためて礼を言い、これからもよろしくお願いしますと頭を下げてから長野駅に向かった。管野には「一杯付き合え」と言ってあったので、早い時間から開いている駅前の小料理屋へと案内してくれた。

ビールで喉を潤したあと日本酒に切り替え、馬刺しやわかさぎの天ぷら、鮎《あゆ》の塩焼きに箸をつける。今日の首尾については店に来るまでの間に話したので、食べながら同期連中の近況で盛り上がり、ひと息ついたところで昌幸はテーブル脇の飾り棚に目を向けた。席に着いたときから気づいていたのだ。頭部がりんごという十センチほどのマスコット人形が置いてある。

「信州りんごのゆるキャラかな」

言ってから、娘が買ってもらった新しい絵本について話した。それを読みながら管野のことを考えたと話す。わかさぎを摘《つ》まんだ箸が昌幸の目の前で止まった。驚いた眼差《まなざ》しが注がれるので気恥ずかしかったが、苦笑いと共に自分なりの仮説を披露した。

ただの凡ミスではなく巧妙に仕組まれた罠だった。もしくは販売部の仕事に疲れ、怪しいとわかっていたのにわざとファイルを開けた。あるいは誰かのミスを庇ってのことだった。でなければ、管野は産業スパイだった。ひょっとしていつの間にかすり替わった宇宙人！

最後のふたつで愉快そうに笑ってくれた。追加で牛すじの煮込みとだし巻き卵と野沢菜を頼む。

「すごいなおまえ」

「そうでもないさ。半ズボンの男の子の発想力にはまったく及ばない」

「いや、おまえの場合はスパイと宇宙人以外、当たっているんだ」

今度は昌幸の方が目を剝《む》いて見返した。視線を受けて、管野はすまし顔で骨だけになった鮎の皿を片づける。

「全部じゃないけどところどころな」

「どこがだよ。どこが」

「あの一件の前に、ちょっとばかし気になっている女の人がいることは話したっけ」

「少しな。脈がなくてあきらめるようなことを言ってた」

「うん。ひとまわり年が下の、直属の部下だったんだ。それもストッパーになっていたけれど、あるとき彼女が話してくれた。自分はひとりっ子で、両親はすでに高齢。どちらにも厄介な持病がある。ずっとそばにいてほしいと言われている。だから、誰とも結婚する気はないってね」

思いもよらない話だった。結婚する気になれる男性が現れるかどうか、という問題ではないらしい。

「彼女の意志が固いのを知ってあきらめようと思った。そうするしかないと思っていた。そんなとき、彼女の名前でメールが届き、相談したいことがある、添付したファイルを見てほしいと書いてあった」

それは真っ赤な偽物だった。巧妙に仕組まれた罠だった。管野は運ばれてきた追加の酒を手酌《てじゃく》でぐい飲みに注ぐ。

「馬鹿だよな。思わずクリックしてしまった。それだけじゃないんだ。同じような文面と内容で、おれの名を騙《かた》ったメールも彼女に届いていた。彼女は冷静だったよ。不審に思い、ファイルを開かなかった」

「もう一通……」

「ああ。彼女が難を逃れられたならほんとうによかった。おれだってそう思ったよ。自分の馬鹿さ加減に打ちひしがれながらも、やっちまったことはやっちまったことで、事後処理に当たるしかない。そんな脂汗たらたらの最中、追い打ちをかけるようなメールが届いた。冷静さを保っていた者と、保てなかった者。思いの差がこんなにある。あなたは愚かで哀《かな》しい道化ですね。いい加減に目を覚ましなさいってね。ものすごく痛いところを突かれたわけだ」

昌幸は開いた口をなかなか閉じられなかった。無意識のうちにだし巻き卵を放り込む。咀嚼《そしやく》していると旨《うま》いだろと言われ、絶妙だと返す。

「追い打ちメールのおかげで犯人はわかった。告発してやりたかったが、騒げばファイルを開けなかった彼女を巻き込むことになる。それだけは避けたかった。おれにだって意地はあるよ。彼女に迷惑をかけたくない気持ち半分、あとの半分は、道化上等と開き直ってみたかった」

「あのときへらへらしてたのは、おまえなりの強がりか」

仕組まれた罠であり、庇いたい相手もいた。もうひとつの仮説についてはこう言われた。

「ウイルスファイルとわかっていて開けたわけじゃない。でも、虚勢を張ってかっこつけてるうちに、仕事への意欲がガクンと減ったんだ。疲れてしまい販売部から異動になりたかった、というおまえの推察は当たらずとも遠からずだ」

昌幸は奥歯で野沢菜を嚙みしめ、「そうか」とつぶやいた。

「何も知らなかった。考えもしなかった。最初から凡ミスと決めつけ、馬鹿だまぬけだとさんざん噛みついちまったな」

管野は片手を挙げ、首を左右に振った。

「怒っても愛想を尽かすことなく、この春また、目を三角に吊り上げてどやしつけに来ただろ。おれは二年前、誰にも本心を打ち明けず、ウイルスメールのミスをすべてかぶった。そしてまた、黙って辞令を受け取った。同じことをやってるんだと、おまえの顔を見て思い知ったよ。これで良かったのかと、怒られながら初めて迷いがよぎった。平気じゃないのに平気なふりをしていただけ。言ってもしょうがない、言わない方が傷は浅いと、おれも決めつけていた。結果、仕事に限らずあらゆる意欲が減退し、何もかもが虚《むな》しくなる一歩手前だった」

唇を噛む管野に、昌幸はかすれた声で「それで？」と促した。管野は口を開く。

「自分の思いを飲み込むか、飲み込まないか、迷ったけど二年前とはちがう方を選んだ。本心を打ち明けることにしたんだ。洗いざらいとまではいかないけど、言える範囲でそこそこ」

「誰に？」

「脈がなかった彼女にだよ。こっちに来てからしばらく経った頃。五月の連休明けだったな」

ふいに管野をとりまく空気の色が変わった。重苦しい灰色に暖かな光が差すのを昌幸は呆然《ぼうぜん》と見つめる。

「そしたら泣かれてしまい、脈がないわけでもなかったらしい。メールや電話で少しずつやりとりを始め、夏からはときどき会ったりしてる」

「誰と」

「脈がなかったと思い込んでいた彼女とだよ」

「それ、早く言えよ」

「言ってるじゃないか。彼女の両親のことも一緒に考えていこうと思うんだ。長野在住でもできることはある」

気がついたら昌幸は洟《はな》をすすり上げていた。牛すじの煮込みに振りかけた七味唐辛子が効きすぎたらしい。鼻の奥から目の奥にツンと染みる。まったくもうと毒づきながらテーブルの上の料理を次々にたいらげた。野沢菜も煮込みも美味《おい》しくてたまらない。何よりの肴《さかな》が目の前でにこにこ笑っている。

管野が追加の酒を頼もうとしたがそれは制した。昌幸は時計を見ながら財布を出す。奢《おご》ると言われたが、また今度と千円札を数枚引き抜いた。

「駅の売店が開いてるうちに、お土産《みやげ》を買って帰ろうと思って」

「そうか。長野土産なら……」

「りんごがいい。いろんなりんご」

「ああ。さっき言ってた絵本」

ふたりして顔を見合わせクスリと笑った。

長野県民の発想力が知りたい。どんなグッズがあるだろう。宇宙人がりんご形のスクーターに乗っていても驚くまい。管野もついてくると言い、伝票を摑んでレジへと向かった。

こいつに祝いの言葉を贈れる日が、早く来ればいいなと思う。

山分けの夜

1.

知らない家ではなかった。これまで何度も訪れている。伯父《おじ》の部屋に入ったのは二回目だが、まさかこんな光景に出くわすとは。

夢なら早く覚めてほしい。一間限りの安アパートの布団の中で無事に目を覚ますことができたなら、二度と伯父の部屋に足を踏み入れないと誓おう。どんなに欲がもたげても、どんな挑発を受けようとも。

卓也《たくや》は悪寒に身を任せながら目をそらすこともできずに凝視する。

この部屋に今日はいないはずの伯父がいて、絨毯《じゅうたん》にうつぶせで倒れている。手足も背中ももがき苦しんだようにねじ曲がり、微動だにしない。

それでも最初はただ倒れているように見えたのだが、恐る恐る近寄り、懐中電灯を向けると後頭部が血のようなものでくしゃくしゃになっていた。傍《かたわ》らにはガラス製の置き時計が転がっている。それにも血が付いている。

これでやられたのだろう。伯父は心臓麻痺《まひ》や脳溢血《のういっけつ》の類《たぐい》ではなく殺された。その場に自分が居合わせてしまった。思いがけない現実に打ちのめされて、卓也は立ち尽くす。

どうしよう。どうすればいいのだろう。

こんなことになるなんて思いもしなかった。

＊

ことの起こりは四ヶ月前、父親に言われて訪問した伯母《おば》のいる高齢者施設に遡《さかのぼ》る。

私立大学の理工学部に通う卓也はこの春から四年生になり、数々の惨敗を乗り越えなんとか事務用品メーカーの採用内定にこぎ着けた。就活中はバイトもままならず、なけなしの貯金をあらかた使い果たし、これからはかけ持ちでも何でもやって生活を立て直さなくてはと思っている矢先だった。

卓也の父は五十歳になったばかりだが、姉の芳子《よしこ》とは年の差があり、芳子伯母は七十歳を超えているそうだ。近年体調を崩して入退院を繰り返し、今では車椅子生活だという。子どもはおらず、夫である伯父も八十歳近い高齢者。介護は厳しいとあって伯母は施設に入所した。

その伯母から頼みたい用事があると父に連絡があったそうだが、千葉市内に住んでいるので埼玉の施設は遠い。おまえひまだろう、ひとつ走り行ってきてくれと言われ、けっしてひまではないのだが通学に使っている原付で出かけた。

卓也にとって伯母は、法事でもなければ何年も顔を合わせることのなかった親戚だが、自分のところに子どもがいないせいか、会えば優しく話しかけてくれた。お年玉や入学祝いは気前よく弾んでくれた。頼み事があるならなんとかしたいと思うくらいには恩義を感じている。父に言わせれば伯父は一代で財を築いたそこその資産家で、伯母も裕福な暮らしをしているらしい。たしかに、いつも小綺麗《こぎれい》にしているので父との年齢差を感じさせず、品も良かった。

そんなことを考えながら住所を頼りに訪ねたところ、伯母の入居している施設は見るからに古びた建物だった。最寄《もよ》り駅から離れている上にバス停からも遠いので、交通の便も悪い。まわりは朽ち果てた工場や雑木林だ。

面会は告げてあったので、玄関先でスタッフを捕まえると、メモ用紙で確認したのち伯母の部屋まで案内してくれた。

照明のせいもあるだろうが廊下は薄暗く、灰色の壁も白い天井も陰鬱《いんうつ》にくすんでいた。どこからともなく排泄物《はいせつぶつ》の臭いが漂う。出されたスリッパをぺたぺた言わせて歩いていくと、伯母の個室は一階の一番奥だった。スタッフは場所を教えると行ってしまった。すでに覚悟はできていたので、どんな部屋でも眉をひそめず明るい笑顔を作ろうと思っていたのに、ドアを開けてすぐ決心は揺らいだ。部屋にはパイプベッドと折りたたみ椅子と、プラスチック製の引き出しチェストがあるだけ。病室を思わせるような殺風景で寒々しいところだ。伯母は車椅子に腰かけ、置物のように小さく丸まっていた。

卓也は駆け寄り、背中に手を添えた。どうしたの、どこか悪いの？　痩せたんじゃない、ちゃんと食べてる？　顔色が悪いよ。白い髪はぼさぼさで、あの上品な伯母がと思うと胸がきしんだ。

高齢者施設にも当然ピンからキリまである。自分だって安アパートで暮らしている。自宅からは通えない大学だったので、受験するときから家賃以外はバイトでなんとかすると約束していた。下に弟と妹がいるので無理は言えない。誰にでも理由はあるもので、侘《わび》しい住まいを否定したくはないが、伯母を知っている人間からすると今の境遇は似つかわしくない。

どうしてこんなところにいるのかと、声には出さなかったが気持ちは伝わったのだろう。伯母は「会えて嬉《うれ》しい」「来てくれてありがとう」と目を潤ませ、甥《おい》の手を握りながらこう言った。

「最初の施設はもう少しちゃんとしてたの。そこにはひと月いたかしら。もっといいところが見つかったからと言われ、連れてこられたのがここ」

「誰に？」

「伯父さんよ」

語気も目つきも鋭《するど》くなる。

「手続きをするのもお金の管理をするのも伯父さんだもの。全部伯父さんが決めて、伯母さんは従うだけ。昔からそうだった」

卓也は返す言葉に窮した。伯母夫婦の内情を知らないので無責任なことは言えないし、まして傷つけたくないし、けしかけたくもない。困っていると伯母は気づいたらしく、表情をやわらげ折りたたみ椅子をすすめてくれた。

「ごめんなさいね。つい、不平不満が出てしまったわ。あなたに来てもらったのは愚痴を聞かせるためじゃないの。今ごろになって言うのもなんだけど、ほとんど着の身着のままで出てきてしまったの。自分の足で歩けないから取りに帰ることもできない。申し訳ないけど、所沢《ところざわ》の家に行って、着替えを持ってきてくれないかしら。ブラウスやカーディガンやパジャマ、スリッパも。お願いよ。このとおり」

手を合わせられ、卓也はそれくらいなんでもないよと引き受けた。

じっさい大したことはないと思った。練馬《ねりま》のアパートから所沢の伯父宅まで原付で小一時間。帰りに伯母の施設に寄ってアパートに戻れば約三時間。半日ですむ。行く日を決めて伯父に連絡してもらい、その日の昼前に所沢の家に着いた。初めての訪問だった。

伯父の家、というか伯母の家でもある八木《やぎ》邸は、所沢駅から徒歩圏の住宅街にあった。ブロック塀で囲まれた敷地はゆったりとして、庭もちゃんとあるらしい。白い壁に灰色の瓦屋根を載せ、庭木の松がよく映《は》える純和風の佇《たたず》まいだ。

門の脇にガレージが設けられ、黒い乗用車が駐《と》まっていた。ぴかぴかに磨き込まれた見るからに高級車だ。これがあれば伯母の施設まで難なく行けるだろうし、これだけの車が維持できるのならば、もう少し良い施設に入れられるのではと胸の中がざらついた。

門扉《もんぴ》はレバーがかかっているだけなので外して敷地に入り、玄関のチャイムを鳴らした。現れた伯父はほとんど初対面に近い人だった。法事などには伯母しか出席せず、祖母の葬儀の折りにちらりと見かけた程度だ。

まずはしっかり挨拶をしなくてはならない。卓也は「芳子伯母さんの弟、本多昭彦《ほんだあきひこ》の息子で卓也です」と名乗り、このたびはよろしくお願いしますと頭を下げた。

痩せて小柄で毛髪のほとんどなくなった伯父は、険しい表情で卓也を眺めまわし、眉間《みけん》の皺《しわ》をひくひくさせながら言った。

「何時だと思っている。十二時近いぞ。午前中に来ると言っておきながら現れるのは昼か」

さらに「いい加減な」と吐き捨てる。雰囲気に飲まれ「すみません」と謝ってしまう。

「こっちにはこっちの都合ってものがある。荷物を用意したらさっさと帰りなさい」

用意は伯父がするのではないのか。聞き返したいが、気軽に話しかけられないオーラを相手はまとっている。顎《あご》をしゃくられた。付いてこいという意味らしい。卓也はスニーカーを脱ぎ捨て家にあがった。

伯母の部屋は二階の一室だった。先導した伯父がドアを開け、中に入るよう促す。南と東に窓のある明るい洋間だった。ベッドには手作りだろうか、刺繍《ししゅう》がほどこされたカバーがかけられ、壁にも手芸品らしいタペストリーが飾られていた。家具といえば本棚やサイドテーブルがあるくらいで、整然と片づいている。

「ぼやぼやせず、早くしなさい」

伯父はドアのそばに立ち、手を貸す素振りをまったく見せない。袋の類もくれないらしい。卓也はボディバッグの中からエコバッグを取り出して広げた。伯母のメモにはブラウスやカーディガンのある場所や色、柄などが細かく書き込まれていた。パジャマもスリッパも同様だ。伯父が何もしてくれないことは織り込みずみなのか。

その伯父は、しばらく眺めていたが退屈したのか、終わったら声をかけるよう言っていなくなった。頼まれたものをすべて用意して降りていくと、足音を聞きつけたのかすぐ出てきてバッグの中身を点検する。これならばいいだろうという雰囲気でうなずき、「今後何を言われても、時計やアクセサリーの類は持ち出さないように」と卓也に言った。

驚きを通り越して唖然《あぜん》とした。なんて失礼な言い草だろう。甥っ子ではあるが、自分の妻の身の回りの品を託《たく》す相手ではないか。労《ねぎら》いの言葉をかけ、よろしく頼むと頭を下げても罰は当たるまい。でも伯父は持ち出し許可を与える立場にいると思っている。お願いするのは卓也であり、伯母の方なのだ。

玄関での最初のやりとりを含めて、やっと伯父の考えが理解できた。わかったところで微塵《みじん》も納得できないが。

顔を見るのも嫌でそそくさと家を出て、ひたすら原付を走らせた。

家並みから離れ、田畑や野原が増えるにつれ、強い憤《いきどお》りよりも侘しさがもたげる。伯母はあの家で伯父と暮らしていたのだ。一から十まで命じられ、絶対の服従を強《し》いられていたのではないか。心ない仕打ちをされたことは一度や二度じゃないだろう。

施設に到着すると暗い想像がさらに広がる。伯母をここに連れてきたのは伯父だ。設備や介護内容を考えず、少しでも安い場所を選んだのでは。

卓也の持っていった衣類を伯母は喜んでくれた。何度も礼を言ったあと、卓也の顔つきから察したらしくごめんなさいと謝った。

「伯父さんに何か言われたんでしょ？　嫌な思いをさせて悪かったわ」

できることならぜんぜん大丈夫と笑ってみせたかったが、嘘《うそ》をついても始まらない。

「伯父さんって気むずかしい人なのかな」

「昔からそうなの。自分はお殿様で、私のことは家来だと思っているのよ。家の中のものはすべて自分のもので、持ってきてもらったパジャマやスリッパだって、おれの金で買ったと思っている。典型的な昔の人よ。男尊女卑もいいとこ。いえ、昔もちゃんとした人はいたわね。今でもダメな人はいるんだろうけど」

とりあえず伯父はダメな部類だ。

「家のことは全部伯母さんがやってきたんだよね。少しはありがたみを感じてないのかな」

「食わせてやってるから当然だと思っているのよ」

「そういう人ほど自分のことはできなそうだけど。伯母さんが家事をやれなくなって、困ってない？」

伯母は力のない笑みを浮かべた。

「あの人、お金はあるの。それはもうほんとうにたくさん。だから家政婦さんを雇うことにしたみたい。何も不自由はないんじゃないかしら。家の中はどうだった？　薄汚れていたりした？」

「玄関と階段しか見なかったから」

思わずそう言ったが、下駄箱の上に花が活《い》けられ、廊下も階段もピカピカに光っていた。有能な家政婦さんが見つかったらしい。

「あの家のことはもう忘れなきゃ。結局、私の家じゃなかった。この先、帰ることもないでしょうし。この施設は入居者が無断で外に出ることを禁じているの。危険だからって。私の場合はうちの人の許可が必ずいる。どこにも行けやしないわ」

「そんな」

「いいのよ。どうせ車椅子だからひとりで動けない」

何と返せばいいのかわからない。伯母の長い人生の最後の住まいが、伯父の選んだここというのはあんまりだ。

「ああ、ごめんなさい。また愚痴ってしまった。もうよすわ。卓ちゃんにはほんとうに感謝してる。お気に入りの洋服やスリッパを持ってきてくれたでしょ。大満足よ。お使いも今日のこれでおしまい。愚痴もやめる。だからときどき顔を見せに来て」

卓也は首を横に振った。

「あの家なら、また行ってもいいよ。伯母さんだって他にも欲しいものはあるよね。着るもの以外にも、ここにあったら便利なものや、手元に置いておきたいもの」

「何言ってるの」

「こう見えても鍛えられてるんだ。大学ではミステリー研究会というサークルに入った。変な人がいっぱいいるところで、振り回されることはしょっちゅう。バイト先にも感じ悪い人はいる。ちょっとやそっとではめげないから、伯父さんだって平気だよ」

伯母はくしゃりと顔を歪《ゆが》めた。思いがけない申し出だったらしい。卓也にしてみれば、伯母が空虚な日々を過ごしていると想像する方がこたえる。

しばらくしてありがとうと涙声で言われた。伯父の思いどおりにはしてやらない。決意できただけでも気持ちが上を向く。

「しらっとまた行くよ。しらっと」

「顔を合わせなくていい日もあるのよ。月に二回、第一と第三の火曜日に、ゴルフ練習場の割引デーがあるの。必ず行くから午前中はいないわ」

「でも、いない日に入るのはまずくない？」

「私の家だもの。今はまだそうでしょう？　私の頼んだ人が入るのに、まずいことなんか何もない。近所の人にはあなたのことを伝えとく。気心の知れた人がいるの。連絡も取り合ってる。だから出入りを見られたって大丈夫。万が一うちの人にバレたらうるさいから、ひとりで入るときはなるべくこっそりね。気づかれたら、そのときは開き直ってちょうだい。私に頼まれたと言い張ればいい」

伯母は別人のように生き生きとしゃべった。目にも力が戻り、表情も明るくなる。そして自分の手提げ鞄《かばん》をたぐり寄せ、サイドポケットから引き抜いた鍵を卓也に差し出した。玄関の鍵らしい。受け取るとさらに白い封筒を手渡された。

「今の話がなくても渡すつもりだったの」

中を見ると一万円札が入っている。

「ガソリン代よ。使ってね」

「多すぎだよ」

伯母は親しみのこもった笑みを向けてくれた。子どもの頃に見たそれと同じだ。

「できることならバイト代をちゃんと払いたいわ。そしたら私ももっと堂々とお使いを頼めるもの」

「このお金、もらっても大丈夫？」

ほんとうはとても助かる。

「家を出るとき鞄にへそくりを入れてきたの。だから心配しないで」

ときどきガソリン代をもらいながら、卓也は伯父の不在を狙って出かけるようになった。最初は緊張したが二度目からは手際もよくなり、目当てのものを見つけてさっさと退散する。荷物を取りに入るのは伯母の部屋だけにしてもらったので、気持ちの負担も少なかった。

そんなある日、施設の部屋で伯母から小さな鍵を渡された。

「ミステリー研究会に入ったと言ったでしょ。謎解き小説が好きなら、宝探しにも興味があるんじゃないかしら」

伯母はそれこそ謎めいた微笑を浮かべた。卓也の回収してきた白くてふわふわしたブラウスがよく似合っている。化粧品の類もリクエスト通りに見つけられたので、それを使っているからか、顔の色つやも良い。車椅子に座っていて、膝には刺繡のちりばめられた布がかけられている。愛用の老眼鏡や作りかけだった手芸品もあの家から持ってきた。

再三出入りしているのにバレないのは運にもよるだろうが、妻の部屋から様々なものが消えても気づかない、伯父の無関心さを物語る。あれから一度でもここに足を運んでいれば、いつの間にか増えている品々に訝《いぶか》しむだろう。それもないらしい。

「宝探しって？」

「次に所沢の家に行ったとき、伯父さんの部屋に入ってほしいの。その部屋の北側にドアがあって、この鍵があれば開けられる。ドアの向こうは書斎になっているのよ」

伯母の目に宿った光が強くなる。

「書斎に入ったら、爪先から指先まで気をつけてね。何も触ったらダメ。本の山を崩さず紙切れ一枚動かさず、そっとそっと奥まで進んで。そしたら右側にある木製の本棚の、一番下をよく見てほしいの。引き戸になっているはずよ。そこを開けて、茶色の紙袋があったら大当たり。中身を確かめて」

何が入っているのかを尋ねたが、教えたら宝探しにならないと言われた。

卓也が渡された鍵を指先でくるくる回していると、伯母の手が伸びそっと包み込む。

「この鍵は誰にも秘密よ。おうちの人にも内緒。私がこっそり作った合い鍵なの。伯父さんはこんなものがあるなんて夢にも思ってないわ」

イタズラをそそのかす無邪気な笑みさえのぞかせたが、部屋に入ってからの注意点については念を押された。慎重に、繊細に、けっして気取《けど》られないようにと。

＊

あれがほんの三週間前だ。

何年も昔のことのように思える。今現在の惨状が、あらゆる自分の感覚を狂わせる。呼吸さえも制御できなかったが、どれくらい経《た》ったのか、せいぜい数分だろう。胸の鼓動が収まり、手足の感覚が戻る。額ににじんでいた汗を拭おうとして、薄い手袋をしていることに卓也は気づいた。

なんのためにここに来たのかを思い出す。

視線が部屋の奥、北側のドアに向けられる。卓也はズボンのポケットから小さな鍵を取り出し、倒れている伯父の身体《からだ》をよけて歩み寄った。念のためノブを回すと、すんなり動く。鍵がかかっていない。

中に入って懐中電灯を向ければ、本の山のところどころが崩れ、書類がちらばっていた。リクライニングチェアの足元に膝掛けが落ちてくしゃくしゃになっている。整理整頓の行き届いた部屋ではなかったが、前回見たときはもう少し片づいていた。

焦りと共に奥まで進み、茶色の本棚の前に腰を下ろす。下段に設けられた引き戸を開け、卓也は息をのんだ。空っぽだ。先週はあったものがなくなってる。

2.

この場から離れなくてはという一心で、卓也は震えそうになる身体に力を入れた。

伯父の部屋を出て階段を下り、玄関から外に出てドアに鍵をかける。バイクは住宅街のはずれにある空き地に駐めておいた。誰ともすれちがわないことを祈りながら肩をすぼめて歩いていると、ズボンのポケットでスマホが振動した。

取り出してディスプレイを見れば同じサークルの先輩、香西《かさい》からだ。

「もしもし」

思わず出た。

「ああ、ポンちゃん。久しぶり。今日は角田《かくた》からバイトを押しつけられただろ。それ、おれも絡《から》んでるんだよね。こっちの仕事を手伝ってもらったりしたから。そのうち何か奢《おご》ってやろう。もうバイトはあがれたんだろ。今どこ」

角田もサークルの先輩で、留年したあげく大学院に進学したのでまだ大学にいる。卓也と同じファミレスでバイトをしている。その角田から夕方からのシフトを代わってくれるよう懇願された。急用ができたとの一点張りだったが、卓也にしても予定があったので今日は断りたかった。でもしつこく食い下がられ一、二時間ならばと承諾した。それきりなんの連絡もなく、結局四時間働いて夜の八時過ぎに解放された。

電話をかけてきた香西は角田と同じ代だ。留年することもなく一年半前に卒業し、今はデザイン事務所で働いている。卓也の知る限りミス研の中ではまとも、かつ優秀な先輩だ。だからこそこんな状況でも電話に出るし、へたれた声も出る。

「香西さん、おれ、今……」

「ん？　なんだよ、どうかした？」

いつもと変わらぬ声を聞き、救われる気がした。部室に漂う古書の匂いにくるまれるような安らぎを覚える。その緩みが心細さを増幅させ、さらなる助けが欲しくなる。

「もしかしてまだ仕事中？」

「ちがうんですけど、とても大変なことになっていて」

「それはもうあがってて、今は所沢なんです」

幸い繁華街から離れた、人通りさえまったくない住宅街のはじっこだ。空き地と畑の間にある木々の暗がりに身を寄せて、卓也はスマホを持つ手に力を入れた。

「とんでもないものを見てしまいました」

「ほう」

「香西さん、口は固いですよね。おれの話すこと、誰にも言わないと約束してくれますよね」

「面倒くさいな。もったいつけずに言えよ」

「死体です」

「なんの？」

額に汗がにじみ、胸の動悸《どうき》が再び速くなる。ためらわないわけではなかったが、言いたい気持ちを止められない。

「伯父です。おれが所沢の伯父さんちに行ったら、家の中で死んでたんです」

「それはその……ほんとに？」

「びっくりして飛び出してきて、今は近くの空き地の横にいます」

「バイト先で？」

「通報はどうした。まだ息があるかもしれない。だったら救急車を呼ばなきゃ」

「ただ死んでたんじゃないんです。何者かに殺されていました。頭の後ろに殴られた痕《あと》がありました」

電話口の向こうで息をのむ気配があった。それきり香西は押し黙る。卓也は身を固くして待った。どんな声を出されるかで何かが大きく変わる気がする。たとえばたった今の自分の運命。

「なあ、ポンちゃん」

重すぎもせず、決して軽すぎもしない呼びかけが耳に入る。学園祭の朝、発注ミスをやらかしてしまい多量に届いたサークル誌を見て、香西からかけられた声を思い出す。言葉も甦《よみがえ》る。起きてしまったことはしょうがない。目が覚めたら自分の傍らに死体が横たわっているというシチュエーションは、小説の中に山ほどある。現実にもそこそこあるにちがいない。それよりましだろ、と。

ポンちゃんとは卓也のあだ名だ。苗字《みようじ》である「本多」の「本」を「ポン」と言い換え、「ポン」「ポンタ」「ポンちゃん」と呼ばれている。

「よかったら、話くらいは聞いてあげようか」

「香西さん、助けてください。おれ、なんにもやってません。だから逃げちゃったけど、やっぱり通報すべきですか。警察が来たらなんて言えばいいですか。正直に話して信じてもらえますか。署まで引っぱられたりしませんか。親にもバレますよね。内定くれた会社にバレたらすごくまずくないですか」

「おれの意見が聞きたいなら、順を追ってわかりやすく話しなさい。最初に言っておくけど隠し事はダメだからね」

香西に打ち明けるのはかまわないが、いっときも早く所沢から離れたかった。でもそこで待っていろと厳命された。来るつもりのようだ。

ＬＩＮＥのメッセージでいいので概要を送れと言われ、卓也はせっせと書きつつ、マップを表示させて近くにある神社を見つけた。住宅街の中でウロウロしていては誰かが通りかかった場合、不審者として通報されかねない。

香西の許可をもらって鳥居をくぐると、小さな神社で人の気配がまったくない。外灯から離れたところにベンチを見つけて腰を下ろした。

伯母が高齢者施設に入ったこと。そこが思いの外侘しい施設であったこと。頼まれて身の回りの品を所沢の家に取りに行ったこと。伯父が高飛車で薄情者なこと。ひととおり送って間もなく、足音がして香西が参道に現れた。「こっちです」と、立ち上がって小声で呼びかけた。細身のパンツにグレーのシャツを着た彼は、学生時代の何倍も垢抜《あかぬ》けてしゅっとしていた。ポンちゃんと呼ばれてしまう、何かと子どもっぽい自分とはぜんぜんちがう。いつもだったら地味にコンプレックスを抱くが、今日ばかりは手を合わせて拝みたくなる。

「早かったですね」

時計を見れば夜の十時半。最初の電話が来てから一時間も経っていない。

「画家さんの個展の準備があってね。搬入だの設営だのを手伝ってた。場所が池袋《いけぶくろ》だったから所沢はすぐだ。角田にもその手伝いをしてもらったんだよね」

画家の名前を聞いて、角田がしつこかった理由もわかった。ミステリー小説の挿絵や装丁画を数多く手がけている人だ。なんとしてでも自分が駆けつけたかったのだろう。さらに、手伝いのあと画家に誘われ飲みに行ったらしい。

「おれは残ってやらなきゃいけないことがあったから見送ったんだけど」

「ありがとうございます。角田さんはもういいです。どうせ今ごろべろべろですよ」

酔っ払いの想像図を脳内から閉め出し、香西にはベンチに座ってもらった。卓也もとなりに腰かける。

「ポンちゃんから届いたメッセージで、だいたいの流れはわかった。いくつか聞きたいことがある。まずは伯母さんたち夫婦についてだけど、結婚してからどれくらいになるのかな。数十年？　それとも数年？」

「えーっと、おれが生まれるずっと前なので、数十年ですね」

「どちらも初婚？」

「伯父さんは知りません。でも伯母さんは今で言うバツイチです。若い頃に結婚したのに、お父さん、おれからするとお祖父《じい》さんですね、その人が酔っ払って人に怪我《けが》をさせて、新聞沙汰になったそうです。生きる死ぬの大怪我ではなかったのですが、伯母さんの嫁ぎ先は厳しいとこだったらしく離縁されたそうです。実家に帰ってからしばらくして再婚したと、うちの母親が言ってました」

　あらためて振り返ってみると、伯母は気の毒以外の何ものでもない。最初の結婚だって本人の意思があったかどうか。それでも精一杯尽くしていたんだろうに、父親の不祥事で離婚を余儀なくされた。実家に戻ってからも、身の置き所がなかったのではないか。だから再婚に踏み切った。

「今の夫であるその伯父さんって、どんな仕事をしてたの？」

「地上げ屋とか金貸しとか。うちの父親いわく、人に恨まれるような仕事だそうです。性格も偏屈《へんくつ》でケチで、親しい友だちや知人がいるとは聞いたことがない。親戚付き合いも大っ嫌い。金儲《もう》けには長《た》けていたので、自宅以外の不動産やゴルフ場の会員権も持っていると」

「まるでスクルージおじさんだな」

何かと思ったら『クリスマス・キャロル』か。卓也は膝を叩《たた》いた。

「まさにあれです」

「小説の中では改心するんだけどな」

残念ながら伯父にその日は来なかったらしい。ついさっきの現場が脳裏に浮かび身震いする。

「伯父さん宅への訪問は二回目以降、こっそり忍びこんだんだろ。見つかることはまったくなかった？」

「泥棒みたいに言わないでください。気持ち的にはこっそりですけど、それなりに堂々と玄関の鍵を開けて入っていたんです。近所の人と顔を合わせたことはあります。向かいの家のおばあさんで、『わかってるわよ』というアイコンタクトがありました。伯母さんの知り合いだと思います。それと、ゴルフの練習場に行くときは伯父さん、車を運転していくので、ガレージが空っぽならば安全です」

「いきなり玄関が開いて鉢合わせ、という危険はないんだね」

「はい。車が戻って来たら音でわかります。でもそういったニアミスもありませんでした」

「伯母さんの部屋以外は入らなかった？　たとえば一階の各部屋。台所やトイレも含めて」

うなずきかけて、ためらう。香西は見逃さない。

「正直に言えよ」

「一度だけ、お気に入りのティーバッグがあると言われて取りに行きました。台所にある食器棚の奥です。ほんとうにその一度だけ」

「居間や台所はどんな感じだった？」

「綺麗に整っていましたよ。さすが家政婦さん、プロの仕事ですね。香西さん、伯父にとって伯母もまた家政婦みたいなものだったんですよ。家族とはとても言えない。だから簡単に切り捨てられるんだ」

「どうかな。家族の定義は人によってまちまちだろ」

「働けなくなったらお払い箱なんて、あんまりですよ」

湿っぽくなる卓也だが、香西は話を進める。

「ともかくポンちゃんは、伯父さんが車で出かけている間に出入りしていたんだな。第一と第三の火曜日に。午前中の短い時間」

「そうです」

「だったら今日はどうして夜？」

　もっともな質問だ。

「伯父さんが泊まりがけで出かける予定だったんです。今日の午前中は講義が入っていたので午後に行くつもりが、角田さんに泣きつかれてバイトのあとになってしまいました」

「泊まりがけの行き先はどこ？　ひとり？　それとも誰かと？」

「詳しいことは聞いてないです。温泉とか遠くのゴルフ場じゃないですか」

　香西はじっと考え込んでから、卓也を見て言う。

「押しつけられたバイトを終えて、夜になってから伯父さんの家に着いたわけか」

「はい」

「ガレージは空っぽだった？」

「言いましたっけ」

「車があったら入らなかっただろ」

　さすがの鋭さだ。頼もしい一方、緊張感を強いられる。

「おまえは今までどおりに玄関から入ったのか？」

「はい。留守だとばかり思っていたので」

「家の中に、異変みたいなのは感じなかった?」

「何もなかったです。真っ暗で、しんと静まりかえっていて、物音ひとつ聞こえませんでした」

「それで靴を脱いで二階へ?」

「はい」

「二階に上がったとき、伯父さんの部屋のドアは開いていた? それとも閉まっていた?」

卓也は一瞬、迷った。どう答えればいいのだろう。ありのままでかまわないのか。ダメなのか。いや、いいはずだ。

「開いてました。全開ではなく十センチくらい」

「今までにもそういうことはあったのかな。伯父さんの部屋のドアが少し開いていたケース」

「いいえ。いつもは閉まっていました。だから気になって歩み寄ったんです」

「それで?」

「中に入ったら部屋の真ん中に伯父さんが倒れていて、びっくりしました」

香西は「ちょっと待って」と片手を挙げる。

「伯父さんの部屋の照明は消えてたんだろ？　家の中は真っ暗だったと言ったもんな。今まで一度も足を踏み入れたことがなく、嫌悪感しかない人の部屋で、しかも暗い夜だ。気になったくらいで近づくか？　中に入るか？　おまえ、何か言い忘れていることはないか」

反射的に首を横に振る。

「おれだって好奇心くらいありますよ。大っ嫌いな伯父さんの部屋だからこそ、ちょっとのぞいてみたくなり、つい」

「それなら昼間に行ったときに入っているだろ。いくらドアが少し開いてたとはいえ、真っ暗な中をわざわざのぞきに行くなんておかしいよ」

「香西さん」

たまらず抗議する。

「おれの行動をどうしてねちねち聞くんですか。どうしておかしいって言われなきゃいけないんですか。おれは困りに困って相談してるんですよ。まるでおれが……。まさか、香西さん、伯父さんを殺《や》ったのがおれじゃないかと疑っているんですか」

「待て。いいから今は質問に答えろ。おまえは今日、伯父さんの家に何を取りに行ったんだ？」

心臓がきゅっと縮こまる。顔が引きつり息が速くなる。

「何って」

「伯母さんに頼まれ、身の回りの品を取りに行ったんじゃないのか。それが何かと聞いている」

「あ、だから、それはカーディガンとか、ブラウスとか、ちょっとした化粧品とか」

身振り手振りをまじえて説明し、最後はクリームをほっぺたに塗る仕草までしてしまう。

香西は突然、座っている膝の上に突っ伏した。

それきり動かないので声をかけようか迷っていると、香西は頭を上げて大きくため息をついた。卓也の方に顔を向け「おまえなあ」と言う。

「窮地を脱する方法はおれなりに考えてやるよ。だから隠し事はするな。洗いざらい全部吐け。それしか生き延びる道はないぞ」

諭す口調で言われ、全身が硬直する。

「どうしておれがおまえの行動をねちねち聞くのか。もちろん理由はある。これまで平日の午前中、大学の講義がない日に伯父さん宅を訪ねていた。なぜ今日に限って夜に行った？　バイトを押しつけられ、くたびれ切ってるだろうに。伯母さんの頼み事を聞けばカーディガンやブラウスと言う。それは今日じゃなくてもいいだろ。だったら他に、急を要する用事があったんじゃないか。おれはそれが知りたい。でないと話にならない。伯父さんの死と繋《つな》がりがあるかもしれないからな」

考えるより先に手が伸びて卓也は香西のシャツを摑《つか》んだ。やめてください、まるで名探偵じゃないですか、御手洗《みたらい》ですか、火村《ひむら》ですか、ただでさえ混乱してるのに、涼しい顔で鋭いことを言わないでください。ほとんど泣きながら訴えた。

「だから、さっさと吐け。おれを味方にしたいならそれしかないぞ」

上から垂れる蜘蛛《くも》の糸を摑む思いで卓也は口を開く。

「伯母さんから三週間くらい前に言われたんです。宝探しをしないかと」

「宝探し？」

伯父の部屋の奥に鍵のかかった書斎があり、伯母からその合い鍵を預かったと話す。

「次に伯父さんの家に行ったとき、いつも通りに平日の午前中だったんですけど、鍵を使って中に入り伯母から言われたとおりの場所を探したら、これがありました」

スマホのディスプレイを差し出す。のぞき込むなり香西の顔つきが変わった。

「札束じゃないか。本物？」

「だと思います」

「いくつある？」

「十二個」

香西は言いながらゆっくり深呼吸をする。

「大したもんだ。おまえ、これをどうした？」

「写真だけ撮って元に戻し、帰りに伯母さんのところに寄って写真を見せました」

「伯母さんはなんて？」

「置き場所を変えてないのねえって。そのときはそれくらいだったんです。でも数日前に電話があって、伯父さんの一泊旅行を教えられました。絶好の機会だから、あのお金を取ってきてと」

「なんでそんなことを。付き合いがあるなら、ポンちゃんがどういう人間か知ってるだろうに。そういう謀《はかりごと》、向いてないよ。おまえもおまえだ。ほいほい従ったのか」

唇をぎゅっと嚙《か》んでから、もうひとつ打ち明ける。

「無事に回収できたら、山分けしようと言われました。今までのお礼に半分あげる。残りを私にちょうだいと。半分でも別の施設に移る資金には十分だからって。そう言われて、おれ、欲に目がくらみました。だって金がいるんですよ。社会人になるための最低限の服や鞄、靴、ないに等しいです。このままだと研修に着ていく服もない。食事に誘われたって飯代の心配をしなきゃいけない。ふつうに友だちや同期と付き合いたいですよ。まともなアパートにも引っ越したい。それにはどうしても金が必要なんです」

沈黙の中、卓也は初めて夜風を感じた。顔を上げると茂った樹木の葉が揺れている。星ひとつない曇り空だと思っていたが、いつの間にか切れ間ができて群青色《ぐんじょういろ》の空がのぞいていた。雲の上には月が出ているのかもしれない。

香西は前屈《まえかが》みになり両膝に肘を突き、組んだ手の上に自分の顎を乗せた。

「だいたいのことはわかった。要するにおまえは、山分けの金に釣られて伯父さんの家に行ったんだな。そしたらガレージに車はなく、留守だと確信して家にあがった。二階の伯父さんの部屋に入ると、当の伯父さんは床に倒れていた。後頭部に殴られた痕があり、すでに亡くなっていた。訂正や付け足しはあるか?」

「ないです」

「書斎にあるはずの現金がどうなっているのかは、見たんだろうな」

さっきの自分の行動を思い出しながら首を縦に振った。

「おれが見つけた場所に札束はありませんでした。書斎には荒らされたような形跡がありました」

「考えなきゃいけないことはいろいろある。伯父さんは今日どこに、誰と出かける予定だったのか。もしくはひとりだったのか。予定どおり出かけたんだろうか。それとも行かなかったのか。行ったとして、車は今どこにあるのだろう。なぜガレージは空っぽなのに、伯父さんは家にいたのか。伯父さんの後頭部を殴ったのは誰か。十二個の札束は今、どこにあるのだろう」

「わからないことだらけで、話にならないですね」

「そんなことはない。調べればヒントくらい見つかるさ」

「調べる？」

聞き返す卓也をよそに、香西は持っていたボディバッグの中から何かを取り出した。手袋だ。防寒用のではなく薄手のそれ。

「こんなこともあろうかと駅前のドラッグストアで買ったんだ。さあ行こうか」

血の気が引いて倒れそうになる。

「ちょ、ちょっと待ってください。行くってどこに」

「決まってるだろ。伯父さんの家だよ」

「絶対に嫌です」

「君に選択権はないよ、ポンタくん。さっさと案内しなさい」

3.

押し切られる形で、卓也は香西を伴って伯父さん宅に舞い戻った。警察が来ていたらあきらめると言われたが、住宅街は相変わらず静まりかえっていた。住民の年齢層が高いので就寝も早いのか、電気の灯《とも》っている窓はまばらだ。路地に人影もない。

「ここです」

暗がりに沈んだ一角を卓也が指差すと、香西はまっ先に車のないガレージを隅々まで見てまわった。何もないなと囁《ささや》き、門扉を開けて玄関へと進む。卓也は追いかけるようにあとに続き、顎で命じられるまま玄関の鍵を開けた。

まわりに注意を払いつつ家の中に入る。卓也はすっかり怖《お》じ気《け》づいていたが、香西はバッグから懐中電灯を取り出し、靴を脱いで家にあがった。懐中電灯もドラッグストアで買ったそうだ。ひとりで行かせるわけにもいかず、あわてて自分も靴を脱いだ。

「まずは二階から行ってみよう」

「一階も見るんですか」

「場合によってはね」

二階に上がると香西は左右を見まわし、ドアが少し開いている方の部屋へと向かった。そこには伯父が横たわっていた。窓辺に下がっているのはレースのカーテンのみなので、部屋の中はほの明るい。雲間から月がのぞいているのだろう。目が慣れてくるとどこに何があるのかはおおよそ把握できる。置いてある家具はベッドに机にタンス。香西に訊かれ、伯父の様子に変化はないと卓也は答えた。

「伯父さんは頭を南、足を北にしてうつぶせで倒れている。背後から襲われたとしたら、犯人は北側にいたんだろうな。あのドアが書斎に通じてるのか」

指を差されてうなずく。犯人は書斎の近くに立ち、伯父は背中を向けていたらしい。

香西は床を懐中電灯で照らし、伯父の元へ慎重に歩み寄る。致命傷を受けたとおぼしき後頭部を入念に観察したあと、ズボンからはみ出ているポロシャツを気にする。

「この年頃の人はシャツをインするよな。でも全部を入れずに後ろだけ飛び出している。ちゃんと着てない。部屋の中を見る限り几帳面《きちようめん》な人に思えるんだが、服装はルーズだったのだろうか」

「さあ」

「おまけに素足《すあし》だ。靴下を脱ぐのが日常だったのか」

ぶつぶつ言いながら、近くに転がっているガラス製の置き時計に注意を向ける。高さ二十センチ、幅三十センチといったところか。横長で流線型の模様が入っているだけのシンプルなデザインだ。香西はくっつくんじゃないかと心配になるほど顔を近付ける。

「凶器はこれだな。重さもありそうだ。そして何かで拭き取った跡がある。おそらく指紋を消そうとしたんだろう」

卓也も歩み寄り、しゃがんで置き時計を凝視した。言われてみればたしかに、付着した血の一部が不自然に消えている。

「拭った範囲は狭い。左右の両サイド、半分から下の部分の裏と表」

「犯人は手袋をしてなかったんですね。つまり突発的な犯行？　いないと思っていた伯父さんが突然現れ、とっさに近くにあった重くて硬いものを振り下ろした……」

「そんな感じだな。他にもドアノブなど、拭いてまわったのかもしれない。書斎も見ておこうか」

卓也と香西は爪先立つようにして歩き、部屋の北側にまわり込んだ。

「鍵は？」

「ぴったり閉まっていたんですけど、鍵はかかっていませんでした」

ドアを開けてほんの数歩だけ中に入る。卓也は懐中電灯を向け、どういうところが乱雑であるかを説明し、札束の収まっていた場所も教えた。香西は懐中電灯をまわし、ただの物置じゃないかと憎まれ口を叩いたあと、一階に行くと言い出した。気が進まなかったが遺体から離れられるのはありがたい。

一階には玄関の他に居間や食堂、台所、洗面所や風呂場などがある。

香西は階段から一番近いドアを開け、ソファーセットやテレビなどが置いてある居間に入る。探すまでもなく、ソファーの上に鞄を見つけた。開閉部がファスナーになったボストンバッグだ。旅行に行くつもりではあったらしい。

ファスナーを開けると、内ポケットに細長いパンフレットのようなものが入っていた。そっと引き抜く。旅館のパンフレットだ。

「草津《くさつ》温泉ですね。やっぱり温泉か」

「余白部分に何か書いてある。『九月二十七日　大人二名で予約しました。米塚《よねづか》』。今日のことだな。知り合いに宿を頼んだんじゃないか」

香西はそう言ってスマホで旅館名を検索した。

「かなりの高級旅館だ。一泊二食付きで、お一人様三万円以下の部屋がない。ん？　ポンちゃん、どうかした？」

「『米塚』に、覚えがあって」

「誰だよ」

「向かいの家です。そこの奥さんと伯母さんが親しいんですよ」

なるほどと、香西は興奮気味に言う。

「米塚さんちの誰かが宿の手配をして、奥さんはその情報を伯母さんにリークした。伯母さんはここぞとばかりに隠し金の横取りを決意した。そんな感じか」

「ですね。伯父さんは米塚さんと温泉旅行に出かけたのかな。奥さんではなく旦那さんの方と。ああ、奥さんと言っても伯母さんと同じくらいのおばあさんです」

「ふーん。おい、これを見てみろよ」

香西はローテーブルに置いてあった書類をのぞき込む。

「なんですか」

「自動車保険の契約書だ。メモもある。『担当　木村《きむら》』『バンパー凹《へこ》み　サイドミラー破損』『助手席のドア　ダメージ』。伯父さん、どこかで事故ったんだ」

「だから、車で帰れなかったんですね。草津にも行けず、途中でUターンしてきた？」

「ポンちゃん、わかってきたことがあるじゃないか」

月明かりと懐中電灯だけが頼りの暗い部屋の中で、お互い片手を挙げてタッチを交わす。

たちまちの大収穫だと卓也は感動さえ覚えたが、香西はパンフレットや書類を元に戻して立ち上がる。居間のとなりの食堂、台所と見てまわる。台所の流しには湯飲み茶碗《ぢゃわん》と急須が置いてあった。

急須の蓋を取るとふやけた茶葉が入っていた。干からびていないので、帰宅してからお茶を飲んだのか。湯飲みはひとつだ。伯父さんが使ったのか、それともお客さんか。

香西は台所の壁に下げてあるカレンダーに気づく。懐中電灯で照らされているのは九月後半で、二十七日に「草津」と書き込みがあった。さらに「米塚家に土産《みやげ》。まんじゅう？あまなっとう？」とも。

「土産を買ってくるという覚え書きかな。とすると、同行者は米塚さんじゃない？」

「みたいだな」

カレンダーは毎月破り捨てていくタイプではなく、細いコイル状の針金で綴《と》じられ、前月を後ろにめくっていく形だ。これまでの分も残っているので香西はくまなくチェックし、ところどころ写真に撮った。

そして、他も見てみようと洗面所に向かう。洗面所の奥は風呂場になっていて、そこの扉を押し開けるなり香西は「おおっ」と声をあげた。

「床の水滴が乾き切ってない。少し前に、使った人がいるんだ」

「ひょっとして犯人が返り血を洗い流したとか？」

生々しい場面を想像してひるむ卓也をよそに、香西は洗面所に置いてある洗濯機をのぞき込む。中からくしゃくしゃのバスタオルを摘《つ》まみ上げた。

「濡《ぬ》れてるよ。水気を拭いて投げ込んだ感じだな。お、靴下も入っている。伯父さんのじゃないか」

言われて首を伸ばした。たしかに黒い靴下らしきものが洗濯機の底に見える。干し忘れでないのなら、帰宅した伯父さんのものかもしれない。

香西は洗面所を出て階段の途中に腰かけ考え込んだ。卓也はそれを見守る。いつまでもというわけにはいかないので時間を気にしていると、呼びかけられた。

「ポンちゃん、伯母さんは電話口でどんな感じだった？　お宝の横取りを持ちかけたんだから、いつもとはちがっていただろうけど、それとは別に雰囲気が変わっていたようなことはなかった？」

そういえばと、思い出しながら答える。

「かかってきたときから機嫌が悪かったですね。苛々《いらいら》してる感じで、伯父さんに対していつも以上に怒っていました。お金のことも、あれくらいもらっても罰は当たらない、少ないくらいだと。おれにも言葉がきつくなり、絶対大丈夫だから頑張《がんば》りなさい、男でしょ、なんて発破《はっぱ》をかけたんです」

「何にイラついて、何に腹を立てたんだろうね。ポンちゃんを使って取りに行かせるだけの、伯母さんなりの動機があったんじゃないかな」

「どういうことですか」

香西は階段の上、二階を見上げながら言った。

「ガラスの置き時計の凶器、重さや大きさからして男なら片手でも振り回すことはできたと思う。でも拭き取ってある範囲からするとほぼ左右均等だ。両手で持って力いっぱい振り下ろしたんだろう。しかも拭き取った範囲は小さく、もしかして女性だったのではと思った」

「女性？」

単純に驚く。

「見ず知らずの女の人が二階にいて、いきなり襲いかかってきたんですか」

「それじゃホラー映画だろ」

「知り合いなら、どういう人ですか。伯父さんには付き合いのある身内はいないみたいですよ。身内でないとしたら……うーん、誰だろ」

そもそも伯父は誰なら家にあげたのだろうか。奥さんの甥でさえ受《う》け容《い》れようとはしなかった。やはり見ず知らずの空き巣がいて、鉢合わせしたのではないか。

「伯父さんだって男だからね。いくつになっても女性には多少なりともデレデレするだろ」

「しませんよ。女の人を下に見て、男がえらいと思ってるんです。そんな人がどうデレデレするんですか。女の人だって嫌ですよ。ケチで偏屈なじいさんなんて。だいたいもうすぐ八十歳ですよ」

「ケチとばかりも言えないさ。ひとり一泊三万円以上の旅館を予約していた。使うときは使うんじゃないか」

旅行に同行したのは女の人だと言うのか。あの伯父にそんな人が？　まさか。

ただ、もしもそうなら伯母の苛立った様子とは辻褄《つじつま》が合う。妻を不便な施設に追いやっておきながら、自分は別の女性との一泊旅行に出かけると聞けば、堪忍袋《かんにんぶくろ》の緒も切れるだろう。

香西は冷静に言う。

「女性がすでにこの家に出入りしてたなら、向かいの奥さんも気づいてるんじゃないか。伯母さんと仲がいいなら不快に思うだろう。でも夫婦同意見とは限らない。何かしら伝手《つて》があり紹介料やお礼が期待できるとしたら、向かいの家の旦那さん、旅館の仲介くらいするだろう」

流れとしては自然だが納得できない。

「あの伯父さんがと思うとうなずけません。女の人を家事の道具としか見ない人ですよ」

しかめっ面で異議を唱え、卓也は自分の言葉に引っかかる。

「家事？」

この家に堂々と出入りしている女の人はいるにはいる。だから室内は綺麗に整えられている。

香西を見ると、不穏な笑みを唇のはじっこに浮かべていた。

「さっきカレンダーを見ていたら、ポンちゃんの伯父さん、今年になって家政婦紹介所を変えたらしい。そのあと週に三日、レ点が付いていた。家政婦さんの来る日なんじゃないかな。それが四月から丸印になり、余白部分に『S子さん』という書き込みが増えていく。買い物とか、風呂掃除とか、アサリの深川飯《ふかがわめし》とか」

「お気に入りができたってことですか。でも、できたとしても家政婦さんの方が伯父みたいなのを相手にしないと思うけど」

香西は親指と人差し指を丸くくっつけ、お金のマークを作った。

「多くの人は自分を曲げてまで金になびかない。でもなびく人も少しはいる」

伯父にしてみても最初は冗談半分、遊び半分で誘ったのかもしれない。その中で、妻はもう長くない、独身になったら一緒にならないか、自分にもしものことがあったなら、財産はすべて君のものになる、みたいなことを言ったとしたら、場合によってはかなりの殺し文句になり得る。これまで見てきたドラマや読んできた小説に、この手のセリフは何度となく登場していた。

「そのS子さんと旅行に出かけたとして、なぜ伯父は今、後頭部を殴られ横たわっているんですか」

「問題は車の事故だよ。どんな状況であれ、伯父さんにとってものすごく不愉快なアクシデントだったにちがいない。そういうとき、わがままで子どもじみた人がどうなるか知ってるか？　十中八九、近くの人間に当たり散らす。ひとりしかいなかったら、そのひとりに集中砲火だ」

言われて身体が後ろに引ける。ただでさえ高圧的で凄《すご》みのある人が、感情のまま怒りをぶつけたりしたら、受ける方はたまったものじゃない。

「想像するのも恐ろしい。おれなら一目散に逃げ出します。でも同行したS子さんは、伯父と共にこの家に戻ってきたんですね」

「おれの一方的な想像によればね。ポンちゃんの伯父さんは車を修理に出して、電車やタクシーで帰宅して、この家にたどり着くと保険会社の書類をテーブルに置いた。同行者はお茶をいれた。落ち着かせたかったんだと思う。そのあと……」

ふいに言葉を切り、しばらくしてから香西は立ち上がった。続きは外でしようと言う。すっかり忘れていたが、長居すべき場所ではなかった。一刻も早く退散した方がいい。

卓也はポケットから玄関の鍵を出し、二階や一階に何も残していないことを頭の中で思い返してから外に出た。

伯父さんの家から離れると、力が抜けて道端にへたり込みそうになった。香西は所沢駅まで歩こうと言い出す。原付で来ていると言うと、駐輪しているところまで付き合ってくれた。

「さっき話の途中で黙ったのは、さすがに遺体の近くでしゃべる内容じゃないと思ってね。それに、おれが話しているのは所詮《しょせん》思いつきや当《あ》て推量《ずいりょう》だ。証拠はない。だから大ハズレの可能性もある。それを忘れないよう、頭を冷やしたかった」

原付を押しながらのろのろ歩く。香西を見ると苦笑いのようなものを浮かべていた。

「一方的な想像」だの「所詮思いつき」だの、さらりと口にするところがこの人の強さなのだと卓也は思う。冷静でバランス感覚に長けている。

「ハズレでもかまわないので、推理を聞かせてもらえませんか」

いいよとうなずく。

「おかしな点があったら遠慮なく指摘してくれ」

香西は帰宅してからの伯父の行動を、なるべくリアルに考えたそうだ。高級旅館に一緒に泊まるはずだった女性は、機嫌の悪い伯父をなだめるためにも帰宅してすぐ茶をいれた。それを飲んだのか飲まなかったのかはわからないが、伯父は「疲れた」「汗を流す」などと言って風呂場に向かった。

その間、女性は何をしていたのか。ひょっとすると伯父は八つ当たりの最中に、別れ話を持ち出したのかもしれない。偏屈でわがままな伯父に付き合っていた女性はどう思っただろう。あれもこれも我慢してきたのにと、腹を立てても不思議はない。これ以上はごめんだと思ったのかもしれない。そして縁を切るのなら、手ぶらでは嫌だと考えたのかもしれない。

そのとき頭をよぎったのは、二階にある鍵のかかった部屋ではないかと香西は言った。

「書斎の鍵は、伯父さんが肌身離さず持っていたと思うんだ。たとえば玄関の鍵と一緒にキーケースに入れておくとか。長年暮らしていた伯母さんなら、隙を突いて合い鍵を作る時間もあったかもしれない。でも週に何度かの通いでは無理だろう。どうやって女性が鍵を手に入れたと思う？」

卓也にもピンと来た。

「風呂ですか。衣服と一緒にキーケースも脱衣籠に置いた。女性はそれを摑んで二階に向かい、書斎に入り、隠し金を見つけて出て行こうとした。ところが伯父さんも胸騒ぎがしたのか、大急ぎで服を着て二階に上がり、彼女と鉢合わせした。さぞかし怒り心頭だったでしょうね。口汚く罵《ののし》ったんじゃないですか。そして背中を向けたところを襲われた。やってしまってから、女性は証拠隠滅のために指紋を拭い去った。

「キーケースはどうしたんでしょうか」

「探せば家のどこかにあると思う。玄関のドアは閉まってたんだよな。犯行のあと、おそらく女性は一階の窓から逃げたんだろう。鍵はかけなくてもいい。空き巣の仕業に思わせたかったから」

「警察は犯人を空き巣と判断するのかな」

香西は首を横に振った。

「空き巣なら死ぬまで殴ったりしない。突き飛ばして逃げるのがせいぜいだ。指紋も拭き取らない。手袋をはめてる」

警察もそれくらい考えると香西は言った。

話しているうちに街明かりが近付いてきた。車の通りも人通りも増える。コンビニやドラッグストアの明かりが煌々《こうこう》と夜道を照らしている。居酒屋の前には賑《にぎ》やかな集団ができていた。裏道なので歩道と車道は分かれておらず、原付と共に歩くのはむずかしくない。けれど会話はしづらくなった。

「話したいことは話せたし、駅はすぐそこだ。ポンちゃんはそれに乗って帰れよ。おれも帰る」

香西の足が止まる。

「付き合ってくれてほんとうにありがとうございました。あとのことは運を天に任せるしかないですね」

「発見は遅くならないと思うよ。向かいの家がチャイムを鳴らしたり庭にまわったりするだろうから。ひとたび発見されれば一気に騒がしくなる。ポンちゃんたちはあくまでも被害者家族だ。よけいなことはしゃべらず、犯人逮捕の報を待てばいい」

「伯母さんも大変になりますね。そうだ。今日のことを報告しなきゃ。気を揉《も》んでるかもしれない」

「なんて？」

少し考えてから答えた。

「急なバイトが入って、所沢には行けなかったことにします」

香西の親指がぐっと立つ。その手が左右に振られ、ついさっきまでの非日常を夢物語に変えてしまうような軽やかさで踵《きびす》を返す。しゅっとした後ろ姿がみるみるうちに人混みに紛れていく。

卓也はしばらく原付を押して歩き、通りに出たところで伯母にＬＩＮＥを送った。見上げた空に月が出ている。あの光の中で凶器の時計を見つめ、ボストンバッグを開け、香西の推理を聞いた。

伯父は今なお冷たい床に横たわり、月明かりを浴びているのだろう。人を疑うことも憎むことも許すことも許されることももうない。ただ眠るだけ。いつまでもひとりで。

卓也の中に初めて悼《いた》む気持ちが湧いた。

4.

香西の言ったとおり、事件は近隣住民の通報により発覚した。パトカーが押し寄せ付近は騒然としたらしい。

事の次第はニュースと母の電話で矢継ぎ早にもたらされた。伯父はその場で死亡が確認され解剖にまわされたそうだ。警察は伯父の唯一の身内にして妻である伯母の元へ、ただちに駆けつけた。確認すべきことは多岐にわたっていただろうが、伯父の死に驚き動転している伯母に、たたみかけるようにぶつけられた質問の数々は心身にこたえたらしい。やりとりの途中で過呼吸の発作に襲われ、病院に搬送された。

知らせを受けて卓也の両親は病院に向かい、しばらく付き添うことになった。伯母に代わって警察の聴取も受けなくてはならない。

「だから身動きが取れないのよ。とりあえず伯母さんの保険証がいる。手提げ鞄の中に入っているはずよ。それごと持ってきて。ついでにパジャマや着替えもね」

卓也は母に言われ施設へ向かった。金曜日の午後だった。

三時過ぎに施設に到着し、原付を置いて玄関に入ると初めて見るスタッフがいた。分厚い黒縁メガネをかけた小太りの中年女性だ。考えてみれば火曜日の午前中しか来てなかったので、顔見知りのスタッフはほんの数人だ。

頭を下げて名乗ろうとすると、先に言われた。

「あら、あなたも来てくれたの？　いろいろ大変だったわね。でも八木さん、ここではなく昨夜から病院なのよ。聞いてない？」

親しげに話しかけられて戸惑う。

「ああ、病院といっても重病ではなく、大事を取ってしばらく安静にしているみたい。そのうち行ってあげて。あなたの顔を見たらきっと元気になるわ。自慢のお孫さんだもの」

卓也は目を瞬《しばたた》いた。今なんと言った？　孫？　聞きまちがいだろうか。確かめたかったが、メガネのスタッフは二階から声をかけられ「じゃあね」と行ってしまった。

あらためて来訪者用のブザーを鳴らす。施設長が出てきて、話は聞いていると言われた。部屋にあるのはすべて私物なのでお任せしますと片手で促す。スタッフが立ち会うこともなく、自由に持っていっていいらしい。

伯母の個室に入ると、先ほど耳にした「孫」が気になる。伯母は若い頃に別の人と結婚していたらしい。そのとき子どもをもうけていたというのは考えられる。その子が成長して子どもができれば、伯母にとっては孫だ。

メガネのスタッフが見まちがえたということは、男で、二十歳《はたち》前後なのだろうか。

半信半疑でパジャマや着替えを持参した袋に入れた。ベッドの下からいつもの手提げ鞄を取り出す。この中に孫の手がかりはあるだろうか。

留め金を開けると、手帳やポーチ、ゴムで留められた複数のハガキ、封筒などがぎっしり詰まっていた。

卓也は手帳をめくり、ポーチの中を見て、ハガキのゴムを外した。すると、ハガキの間に真新しい写真が挟まっていた。手に取ってそれをよく見て、息をのむ。

場所はこの施設の玄関前だ。車椅子に乗った伯母と、そのハンドルを手にしている若い男。

「香西さん……」

そんな馬鹿なと慌てて否定する。何かのまちがいだ。他人のそら似だ。伯母から何も聞いていない。香西からも聞いていない。

でも寒気が止まらない。

わななく手を必死に動かし卓也は荷物をまとめた。衣類の入った袋と伯母の手提げ鞄を摑んで部屋を出る。玄関脇のスタッフルームに寄り、施設長にもう一度廊下まで来てもらった。問題の写真を見せる。

「ここに写っている男性は伯母の孫ですよね」

かまをかけると施設長はあっさりうなずいた。

「ですね。ときどきいらっしゃるので、私が撮りました」

「名前は香西愼《しん》？」

胸の動悸を抑えて尋ねる。

「そうだったかしら。八木さんは『しんちゃん』と呼んでますね」

「仲良さそうに写ってる」

「ええ。お勤めしているそうで、いらっしゃるのはたいてい土日。あなたは甥御さんで、平日でしたね」

「はい」

ありがとうございますと言って、卓也は施設をあとにした。

原付を走らせ、最初に目に付いたファミレスに入る。席に案内されると同時にドリンクバーを頼み、コーラを持ってきてシートに座る。卓也はさっきの写真を取り出した。

香西とは大学入学を機に知り合った。そのとき伯母は所沢の家にいて伯父と暮らしていた。香西と伯母はいつ頃から、どれくらいの交流があったのだろうか。

伯母と卓也の父は年齢差のある姉弟だ。それには理由がある。父は同じだが母が異なる。卓也の父は後妻との間にできた子で伯母は先妻の子。そのせいか、ふたりきりの姉弟なのに付き合いはあっさりしている。互いの家に呼んだり呼ばれたりはなく、法事以外ではお祝い事があれば金品を贈り合う。お礼がてらの電話はごくたまに。つかず離れずの、疎遠でもなければ親密でもない親戚関係が続いている。

卓也が大学に入ったときには、卓也の母が報告して間もなく入学祝いが届いた。電話をかけると変わらぬ明るい応対をしてくれたけれど、伯母はあのとき、孫と同じ大学だと気づいていたのだろうか。

手元の写真を見る限り、ふたりの仲は良さそうだ。卓也は伯母の車椅子を押したことも、連れ立って施設の外に出たことも、ふたりきりで一枚の写真に収まったこともない。伯母の無邪気な笑みも記憶に久しい。単純に考えて、異母弟の子よりも孫の方が血は濃い。

卓也に言わなかったことも、香西には話したとして不思議はない。あなたよりもふたつ年下の甥っ子が私にはいるのよ、と。今度、あなたと同じ大学に入ったのよ、と。

振り返ってみれば大学入学時、ミス研に関心があったものの入るかどうか迷っていると、背中を押してくれたのが他ならぬ香西だ。名前や出身校を書いた紙を見て、「本多卓也くん。へえ、千葉の元船橋《もとふなばし》高校か」などと言いながら、面白いところだから入りなよと爽やかな笑みを浮かべた。

あれは卓也の氏素性《うじすじょう》を知ってのことなのか。どんな男かと興味を持ったのか。それならそうと、なぜ教えてくれなかった。短い付き合いではないのだ。知っていれば、一昨日《おととい》の一件はもっとちがうものになっていたのかもしれない。

卓也はファミレスのシートで歯嚙みする。

伯母は隠し金を取ってくるよう自分をけしかけた。香西も聞き及んでいるとすれば、最初にかかってきた電話からして疑うべきか。偶然とは限らない。角田は画家の個展の準備を手伝うために、卓也にバイトのピンチヒッターを頼んだ。個展の話をもちかけたのは香西だ。角田の贔屓《ひいき》の画家くらい知っている。声をかけることによって、予定していたバイトは誰かに押しつけられる。無理を言いやすいのは後輩の卓也、ほぼ一択だ。

そうやって卓也をバイトに釘付《くぎづ》けにすることで、香西は何をやりたかったのだろう。

一昨日の夜の九時半過ぎ、何食わぬ顔で電話をかけてきたあと、香西は所沢の神社までやってきた。事細かく問い詰め、隠し金のことを白状させた。

そして嫌がる卓也を急《せ》き立て、伯父の家に乗り込んだ。

凶器の指紋や高級旅館への宿泊予約、自動車事故、シャワーの形跡、すべて香西が気づき、舌を巻くような鮮やかな推理を繰り広げた。犯人像を浮かび上がらせ、凶行の状況まで明らかにした。当て推量だと言っていたが、あの言葉でかえって信憑性《しんぴょうせい》が増した。

でも、真実はどうだったのだろう。

指紋の拭き取りも風呂場の水滴もシンクにあった湯飲み茶碗も、やろうと思えば誰にでもできる。偽りの犯人像をでっち上げることは不可能ではない。相手がぼんくらな後輩ならなおのこと。簡単にだませる。

自分は香西の手のひらの上で転がされていたのではないか。巧みに誘導されていたのではないか。サークルに入ったときと同じように。

想像はさらに広がり、書斎に忍び込む香西の姿が脳裏をよぎった。合い鍵は複数あったのかもしれない。伯母は孫と甥の両方に渡したのかもしれない。どちらかが成功すれば上出来と。

そして香西の方がひと足先に所沢の家に到着し、お宝を手に入れた。ミッション完了のはずが、予定を早めて帰宅した伯父と鉢合わせして悲劇が起きた。賢い香西は不測の事態に取り乱すことなく、冷静に念入りに、偽装工作をほどこしてから家を出た。

そのあと訪れたのが自分だ。卓也は口の中いっぱいに広がる苦いものを飲み込む。

そもそも伯父がいなくなれば財産はすべて伯母のものになる。伯父の死は悲劇とばかりも言い切れない。最初からそれを狙っていたとしたら、犯人役を押しつけられるのは出入りの家政婦だろうか。空き巣だろうか。

それとも自分か。

伯父と懇意の家政婦など最初から存在せず、金を欲しがっている貧乏学生が忍び込み、気づいた伯父を殴り殺すというシナリオもあり得る。知らないうちに証拠の品があの家に仕込まれ、発見した警察が今ごろ自分を探しているのかもしれない。

卓也はファミレスの入り口へと視線を向けた。今にもあそこから数人の男が入ってくるようで嫌な汗が噴き出す。

氷の溶けたコーラを一気に飲んだ。写真に水滴が落ちそうになりあわててずらし、あらためてよく見る。

伯母に一昨日の夜、所沢に行けなかったとLINEすると、「行かなくて良かった。二度とあんなことは頼まない。忘れてちょうだい」と返ってきた。あの裏に、口をつぐんだ隠し事があったのか。本音で話すのは孫ひとりなのか。刺繡の道具や膝掛けを喜んで受け取ってくれたのも噓だったのか。

いたたまれず席を立った。写真はハガキの間にしまう。

うじうじ悩むより、伯母に真正面からぶつかってみよう。

病院の駐車場に原付を置いて、伯母が入院している病棟に向かう。案内図や矢印を頼りにB棟の三階に到着すると、ナースステーションの前で男性に呼び止められた。

伯父の事件を担当している刑事だそうだ。甥であることを話すと一昨日の夜、五時から八時までどこにいたかを訊かれた。バイトに入っていたのでそれを告げるとあっさり解放された。その時間が死亡推定時刻らしい。卓也を見送ったのち、バイト先に電話を入れるのだろう。

五時から八時。香西の顔が浮かぶ。池袋のギャラリーにいたのか、それとも。

教えられた病室に行くと父だけがいた。伯母は検査のためしばらく戻ってこないそうだ。病室は高齢者施設の個室よりも広くて綺麗で、クロゼットやソファーセットまで完備されていた。着替えの類はクロゼットにしまうよう言われ扉を開けると、ビニールコーティングされた紙袋が置いてあった。

父に聞くと、こちらに搬送されるときに施設から持ってきたのだろうと言う。そうなのだろうか。保険証の入ったバッグさえ持ち出せなかったのに。中身をのぞくと折りたたんだタオルが入っている。施設の誰かがとっさに用意したのだろうか。ずらしたくて持ち上げると重い。タオル以外にも何か入っているようだ。

父は背を向けてスマホを操作している。卓也は紙袋からタオルをすべて出した。底の部分に紙包みが見える。逸《はや》る気持ちを抑えてそれも取り出す。

父に隠れて開くと札束だ。

「ん？　どうかしたか？」

あわててクロゼットを閉じた。

「なんでもない。あのさ、伯母さんのところに誰か、訪ねてくる人はいた？　うちらだけでなく他の親戚はどうしているのかと思って」

「ああ、ついさっきちょっとね」

「ちょっと？」

「おまえには言ってなかったが、伯母さんには孫がいるんだよ」

驚く顔になったらしい。父はなだめるような口調で言う。

「母さんから聞いてるだろ。伯母さん若い頃に、伯父さんとはちがう人と結婚してたんだ。男の子もひとり生まれていた。でも離婚しなくてはならなくなって、その子を育てることはできなかった。会うこともままならなかったそうだ。生まれた子は父さんよりいくつか年下だったと思う。その子が大きくなり、今は福岡にいるんだってさ。結婚して子どもができて、その子が伯母さんの孫に当たる。慎くんと言ったっけ。大学進学を機に東京に出てきて、そのときお父さんから実のお祖母《ばあ》さんについても聞かされた。捜し当てて連絡を取り合っているそうだ」

卓也は「へえ」と、かすれた声で相槌《あいづち》を打つ。

「まあ、詳しいことはまた今度な。父さんもちらっと会っただけだ。礼儀正しい好青年だったよ。おっと、母さんからＬＩＮＥだ。今すぐ保険証がいるって」

伯母さんの鞄を差し出すと、父はそれを摑んで病室から出て行った。

あとに残され、無人の部屋で、卓也はおもむろにクロゼットの扉を開いた。

さっきの包みを確認する。札束は六つあった。

十二の、きっちり半分だ。

隠し金を手に入れたのはやはり香西だったのか。いつ、八木宅に入ったのだろう。少なくとも自分が訪れるよりも早い時間だ。

　卓也はスマホを取り出し電話をかけた。数コール目で繋がって、角田の低い声が聞こえた。一昨日の夕方、バイトを代わった理由は個展の手伝いかと尋ねると、「ごめん」「助かった」と繰り返す。知りたかったのは搬入や設営のさいに、香西がいたかどうかだ。会話を繋げながら聞くと、夕方の四時に待ち合わせ、夜の八時まで一緒にいたと言う。

　それがほんとうなら、香西には殺人事件についてのアリバイがある。書斎の金を奪ったのは四時より前なのか。

　電話を切り、卓也は再びクロゼットの札束と向き合う。警察が近くにいるのに、なんて大胆な。もっともこの金の出所《でどころ》を知る人は少ない。激しく主張するであろう人はこの世にいない。伯母が自分のへそくりだと言い張ることは可能なのだろう。

　そしてその伯母は、近いうちに伯父の財産を相続する。目の前の札束を遥《はる》かにしのぐ額になりそうだが、六つの塊は「それはそれ、これはこれ」と主張しているような気がする。もとが伯母を解放するための、足がかりになるはずの金だった。目的があってこその計画だ、成果に応じて分け前が得られる約束だった。それを突きつけられているようで歯嚙みする。

　口惜《くや》しいが、先んじられてすべては徒労《とろう》に終わった。先手必勝のゲームに負けたのだ。

ライバルがいるとは夢にも思わず、そこからしてうかつだったのか。

未練が湧かないよう、札束とタオルを元に戻す。よこしまな考えに囚《とら》われる前に、施設から持ってきた着替えの袋の横に並べる。

卓也はクロゼットの扉を閉めた。

翌日、犯人逮捕の報がもたらされた。当初から警察が目を付けていた通いの家政婦だそうだ。犯行当日、伯父と一泊旅行に出かけたが、事故に遭い車が使えなくなった。所沢の家に戻ってきたところ口論になり、カッとなって近くにあった時計で殴った。殺意は否認しているが、行為は認めているらしい。

逮捕の決め手となったのは床に飛び散った血。気づかぬうちに踏んでしまい、その足の跡が床に残っていた。

話を聞く限り、香西の推理はほぼ的中している。

犯行現場が二階という不自然さについては明らかにされていないが、犯人が書斎の金を狙ったとなれば説明が付く。そのときすでに香西によって札束は消えていたが、伯父にしてみれば鍵を持ち去り書斎に入っただけで重罪だ。石つぶてよろしく罵詈雑言《ばりぞうごん》をぶつけたにちがいない。結果は厳しい一撃となり返ってきた。

近々葬儀が執り行われる。伯母は容体も安定し落ち着きを取り戻した。検査結果も年相応の範囲内だそうで、退院したのちは交通の便が良く、設備も充実した施設に入る予定だ。急なことでも、値の張るところならば空《す》いているらしい。所沢の家のことは落ち着いてから考えると話している。

さらに翌日、卓也の家に宅配便が届いた。差出人は品川区品川1-2-3、山田一郎とある。見るからに嘘くさい地名と番地だ。小ぶりの段ボール箱を開けると紙包みが出てきた。中には札束が三つ入っていた。

なぜ。どうして？

十二の半分は六。六の半分は三。山分けの山分けという数字かもしれないが、あの夜、自分は何もしていない。むしろ口止め料だろうか。でも吹聴《ふいちょう》することは自分にもできない。伯父の遺体を放置したのだ。

途方に暮れてふと思い出す。香西が伯母をなじった言葉だ。

「付き合いがあるなら、ポンちゃんがどういう人間か知ってるだろうに。そういう謀、向いてないよ」

だから先んじたのか。彼は向いているのか。

あの日、香西は何を知っていて、何を推理したのだろう。

きっちり訊かねばならない。欲しいのはちゃんとした説明だ。金じゃない。これで片づくと思ったら大まちがい。そんなに簡単な人間じゃない。

とはいえ、六畳一間のアパートに置いたベッドの片隅に腰かけ、よれよれのシャツやジーパンをまとった自分を顧みてため息をつく。髪もぼさぼさだ。千円カットくらい行ってもいいだろうか。

伯母を挟んで、甥と孫の関係はなんていうのだろう。ほんのわずかだが血も繋がっている。もしかしたら自分もどこかしらしゅっとしているのではないか。次に会うときは親戚として話ができるのだろうか。伯母さんとの付き合いは自分の方が長い。

挨拶がてらのお裾分けだったりして。

都合のいいことを考えて、卓也は三つの束を胸に抱えたままベッドに倒れ込む。いつになく元気なスプリングが背中を強く押してくれた。

あとがき

　これまでに書いた短編を、一冊にまとめませんかと提案されたとき、何かあったっけと首をひねってしまうくらい過去作を忘れがちな人間です。それだけ目の前の原稿にかかりきりというか、余裕がないというか、必死というか。でもよく考えてみれば過去作も、そうやっていろんな力をかき集めての成果なので、思い入れはあります。

　今回はその中から、テーマがあらかじめ決まっていたものを集めてみました。これは雑誌の特集やアンソロジーに参加するさいによくあるスタイルです。

「小暑《しょうしょ》」は、二十四節気の中のどれかを書いてくださいという依頼で、私は七夕《たなばた》の時期を担当することに。短い話ですがわりと気に入っていて、今回の話があったとき、真っ先に頭に浮かびました。

「体育館フォーメーション」もぜひ入れたいと思った話です。依頼されたテーマは〝スポーツ〟でしたが私、体育の授業以外ほとんどスポーツをやったことがありません。とうてい無理と早々に白旗を掲げようとしたのですが、学生時代に見かけた体育館の部活風景が脳裏をよぎり、これをなんとか形にできないかと。久しぶりに読み返したら、高校生たちのやりとりが楽しい。

「都忘れの理由」は、雑誌の特集テーマが〝センセイの夜〟でした。声をかけてもらい、元大学教授にして御年八十四歳という高齢の先生が、あたふたしている様子を書いてみることに。先生の一人称で進むので、暮らしぶりに寄り添うことができて、今でもあの住宅街に先生が住んでいるような気がします。この話は日本推理作家協会の推理小説年鑑（2017年度）に収録されることになり、知らせを受けてびっくり。思いがけなかったのですごく嬉《うれ》しかったです。

「灰色のエルミー」、テーマは〝ペット〟でした。これまたペットを飼ったことのない私には厳しすぎ。途方に暮れていたときに、ふとひらめきました。自分のように、何も飼ったことのない人を主人公にすればいいのでは、と。すると、知り合いから頼まれて猫を預かったことがあるけれど、その猫がとんでもなく可愛くてと思い出話をうっとり語る男性編集者が現れ、話の方向性が決まりました。

「かもしれない」、このテーマは難しかったです。漢字一字の〝惑〟だったのです。「惑星」や「惑乱」でもいいし、「惑う」でもいい。このときは絵本をモチーフにした話を書いてみたくなり、ヨシタケシンスケさんの『りんごかもしれない』を使わせてもらいました。おかげさまでバッチリ決まりました。自画自賛。でも〝惑〟は入っていたかしら。よく覚えていないけど、主人公が困惑する場面があるので、それです、それ。

「山分けの夜」、これは書下ろしなので無テーマです。しかし、収録作がほぼ決まった状態で取りかかったので、短編集全体のカラーを意識しました。すべての話に共通する点があるのですが、おわかりになりますか。

最終話の第一稿が書けたところで、短編集そのもののタイトルとして、『もしかしてひょっとして』が浮かびました。六作の主人公たちは訝《いぶか》しむべき出来事に遭遇し、謎めいた手がかりを前に、「もしかして」と立ち止まり、「ひょっとして」と思考を働かせ、真相に近付いていきます。

小説の取り組み方にも似ています。私にはとうてい無理、できないと決めつけてしまう前に、もしかしてこうすればと切り口を探り、ひょっとしてこうすればと膨らませていく。そうするといつか一冊の本にまとまる日がくるのかも。

お届けできてとても幸せです。受け取ってくださる方に、心を込めて深い感謝を。

解説

似鳥《にたどり》 鶏《けい》
（作家）

高校の頃、いつもの帰り道に突然、見知らぬ路地が出現していたことがあります。

二年生の時でした。夕方の帰宅時、大通りを自転車で爆走[*1]しつつふと横を見ると、住宅地に入っていく路地が一本増えていたのでした。おかしい。あんなところに道なんてあっただろうか？ 入学から一年以上、雨の日も風の日も[*2]この道を通っていた。それなのにこれまでずっとこの道の存在に気付かない、などということがあるだろうか。

夕暮れの中、突然出現したその路地は、最初からそこにあったかのような顔をして口を開けています。両側はどこまでも続く戸建ての連《つら》なり。その塀と軒先から伸びる影で左半分に暗がりがある、まっすぐな路地。突き当たりも戸建ての生垣《いけがき》。広告の貼ってある電柱。配電盤に描かれた落書き。門の前に置かれた猫避《よ》けのペットボトルには濁った水が溜まっています。私は意を決して自転車から降り、ゆっくり押しながら路地に入りました。突然出現したこの路地は本当にこの世のものなのか。そういえば、入った瞬間に空気が変わった気もする……。

路地には人っ子一人なく、静かでした。キジバトの声がしますがどこで鳴いているのか、なぜか方向が分かりません。橙《だいだい》色の太陽が下りてきていて、もうすぐ沈みそうでした。周囲は戸建てが連続するばかりで、突き当たりの角を曲がっても同じように戸建てが続いていました。自転車を押して歩きながら、不意に不安になりました。あの次の角を曲がっても同じ路地かもしれない。その次を曲がっても同じ路地かもしれない。このまま永遠に同じ路地が続くのではないか。自分は存在していない、本来入ってはいけない路地に入ってしまったのではないか。太陽が沈んでいきます。あの太陽が沈みきってしまったら終わりなのではないか。

三十秒後、私は路地から出ていつもの通学路を自転車で走っていました。

＊1　自転車通学の高校生はしばしば凄まじいスピードを出し、交通事故の原因になる。

＊2　傘を差しながら自転車に乗るのは大変危険であり道交法違反だが、当時の高校生はわりとみんな平気でやっていた。

要するにそういうことでした。路地は突然出現したのでなく、私が突然今日気付いただけ。これまで存在していなかったのではなく、これまで意識していなかっただけ。路地の方はいたって普通で、私がボンクラなのでした。

とはいえ、似たような経験はけっこう誰にでもあるのではないでしょうか。毎日通る通勤路の一本裏にいいパン屋さんがあることに三年も気付かなかったり、遠方の親戚の住所を間違って覚えたまま十年も賀状のやりとりをしていたり（それでも届いたりする）、ハルジョオンとヒメジオンだと思っていたり、[*3] ひどい場合は自分の尻に黒子《ほくろ》があることを三十年間、知らなかった奴もいます。どうも人間というのは、自分が思っているよりぼんやりと生きているようなのです。

そのぼんやりのむこうを通り過ぎていくもの。ぼんやりを取り払うと出てくるもの。それが本書で描かれる世界です。

本書の主人公たちはいずれも最初は日常の中にいます。かといって退屈しているのではなく、日常には日常を滞《とどこお》りなく回すための様々な仕事があり、それに追われています。大崎梢さんは「忙しい日常」を描くのがうまく、主人公の日常のこまごまとした仕事、手順、心配事などを追っていくと、いつの間にか読者は主人公を自分自身のように感じています。

そこに一つの違和感が、ぽたり、と現れる。

些細《ささい》な違和感ですが、どうしたって気になります。読者は「えっ、何？」「どれどれ？」と、主人公の後ろから肩越しに首を伸ばすようにして、その違和感の先を見ようとします。そこに現れるのは不可解な行動の陰に隠れた計算だったり、理不尽な悪意に見えるちょっとしたすれ違いだったり、はたまた重大な犯罪計画だったり。ぼんやりと過ごしていると見落としてしまいますが、実は我々が暮らす「日常」の館《やかた》には、壁のあちこちに隠し扉があったり、本棚の裏に隠し通路があったり、鏡がマジックミラーだったり、飾られている銅像を九十度回転させると落とし穴が開いたりするのかもしれません。その扉を開く鍵こそ、まさに本書のタイトルである『もしかして　ひょっとして』です。あの人の行動には何か裏があるのかもしれない。この件は見た目通りではないのかもしれない。もしかして。ひょっとして。

話は変わりますが、作家が長く「生き残る」秘訣とは何でしょうか。

＊3　ハルジオンとヒメジョオンである。同じような時季に同じような花を咲かせるので大変ややこしい。

一時期ちょっと話題になったけどそういえば今は作品を発表していない、という作家はごまんといます。その一方でずっと本を出し続けている作家もいます。単に「書かなくなったから」というケースも多いのですが、本を出し続けるには出してくれ続ける出版社がなければならないのも事実。そして出してくれる出版社があるかどうかを分けるのは、「新刊を出せば毎回コンスタントに売れてくれるかどうか」——つまり固定ファンがいるかどうかの差であると思います。固定ファンがいる作家というのはつまり、特定のシリーズが買われるのではなく著者の名前で買われる、「『○○』（作品名）の人」「○○シリーズの人」ではなく著者名そのもので覚えてもらえる作家ということです。大崎梢さんは「成風堂シリーズ」や「千石社シリーズ」、あるいは児童向けの「天才探偵Ｓｅｎシリーズ」の作者でもありますが、ノンシリーズの作品の方が多く、大部分の読者は著者名を見て本を手に取っているでしょう。

では、どうやって固定ファンを獲得するのか。固定ファンがいる作家とはどういう作家なのか。

いろいろな要因があるはずですが、大事なのはやはり「その人の世界があるかどうか」ではないでしょうか。「世界」という言い方は抽象的ですが、強烈な「世界」を持つ作家の名前を並べてみればとても分かりやすい。皆川博子《みながわひろこ》。綾辻行人《あやつじゆきと》。川上弘美《かわかみひろみ》。伊坂幸太郎《いさかこうたろう》。

うん。分かりやすいですね。京極夏彦《きょうごくなつひこ》。村田沙耶香《むらたさやか》。米澤穂信《よねざわほのぶ》に北山猛邦《きたやまたけくに》に白井智之《しらいともゆき》。必ずしも文体が特徴的なわけではなく、それでも一読すれば「ああ、この人らしいな」「いつものこの人ワールドだな」と思います。読者はそこに浸《ひた》りにいく。「この人の本を読めば、あの世界へ飛べる」という信用こそが、著者名で買ってもらえる作家になる条件だと思います。

　大崎梢さんのワールドは特徴的な地の文とか偏《かたよ》った登場人物によるものではなく、もっとずっと静かです。地球最後の日でも血みどろの愛憎劇でもなく、描かれるのはどこにでもありそうな「普通の世界」です。主人公たちは日常を真面目にこなし、論理的に語り、でも、わずかな違和感を見逃さず「これはどういうことなんだろう」と深く考える、落ち着いた知的な人たち。地の文ではなく、むしろ会話文にその個性が滲みます。老若男女金持ち貧乏人、様々な人物が出てきますが、それぞれにきちんと行動原理があり、この「話の通じそうな感じ」が大崎ワールドの空気を醸成しています。そしてやはり本が似合う！湖畔《こはん》のテラスやアンティークのロッキングチェアのような立派な道具立てがなくても、駅前のカフェで、職場の休憩室で、落ち着いて本を読むあの感じ。決めつけず、感情的にならず、暴力は振るわない。大崎梢さんの作品が読者を惹《ひ》きつけるのは、その世界の落ち着いた心地よさと楽しさゆえではないでしょうか。そして、そんな世界の主人公だからこそ、日常の中で立ち止まり、ぼんやりのむこうにある事件の扉を見つけることができるのではないかと思います。

普段はぼんやり生きているけれど。立ち止まって、周囲をよく見て考えてみたら。もしかして。ひょっとして。あなたの隣でも、実は事件が起こっているのかもしれません。

引用文献　ヨシタケシンスケ『りんごかもしれない』（ブロンズ新社）

○初出

小暑　「asta*」（ポプラ社）二〇一〇年七月号

体育館フォーメーション　「ランティエ」（角川春樹事務所）二〇一二年十二月号

都忘れの理由　「小説ＢＯＣ　3」（中央公論新社）二〇一六年十月

灰色のエルミー　「小説宝石」（光文社）二〇一二年九月号

かもしれない　アミの会（仮）『惑―まどう―』（新潮社）二〇一七年七月

山分けの夜　単行本書下ろし

二〇二〇年十月　光文社刊

光文社文庫

もしかして　ひょっとして

著者　大《おお》崎《さき》　梢《こずえ》

2023年9月20日　初版1刷発行

発行者　三宅貴久
印刷　堀内印刷
製本　榎本製本

発行所　株式会社 光文社
〒112-8011　東京都文京区音羽1-16-6
電話 (03)5395-8147　編集部
8116　書籍販売部
8125　業務部

ISBN978-4-334-10035-3　Printed in Japan

組版　萩原印刷